本色文丛·柳鸣九 主编

信 步 闲 庭

——叶廷芳散文随笔精选

叶廷芳/著

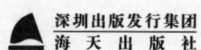

深圳出版发行集团
海天出版社

图书在版编目（CIP）数据

信步闲庭 / 叶廷芳著. — 深圳：海天出版社，2012.9
（本色文丛. 第1辑）
ISBN 978-7-5507-0514-2

Ⅰ.①信… Ⅱ.①叶… Ⅲ.①散文集—中国—当代
②随笔—作品集—中国—当代 Ⅳ.①I267

中国版本图书馆CIP数据核字（2012）第204720号

信步闲庭
XINBU XIANTING

出 品 人	尹昌龙
出版策划	毛世屏
责任编辑	林星海　陈　嫣
责任技编	蔡梅琴
装帧设计	斯迈德设计 0755-83144228

出版发行	海天出版社
地　　址	深圳市彩田南路海天大厦（518033）
网　　址	www.htph.com.cn
订购电话	0755-83460293（批发）0755-83460397（邮购）
印　　刷	深圳市华信图文印务有限公司
开　　本	787mm×1092mm　1/32
印　　张	7.5
字　　数	120千
版　　次	2012年9月第1版
印　　次	2012年9月第1次
定　　价	29.00元

海天版图书版权所有，侵权必究。
海天版图书凡有印装质量问题，请随时向承印厂调换。

叶廷芳，研究员、博导，1936年生于浙江省衢州市，1961年毕业于北京大学西语系德语专业，1964年进中国社会科学院外国文学所工作至今。

为中国作家协会、中国戏剧家协会会员。出版著作主要有《卡夫卡全集》《外国经典名著选》《外国百篇经典散文》《德语国家散文选》《世界名家随笔金库》等几十部。

总 序
◎柳鸣九

深圳海天出版社似乎颇有点"散文随笔情结",前几年,他们请季羡林先生主编了一套"当代中国散文八大家"丛书,效果甚好。于是,他们再接再厉,去年又策划出新的书系"世界散文八大家"。可惜此时季老先生已经仙逝,他们只好等求其次,请柳某出面张罗。此"世界八大家",召集实不易,飘洋过海,总算陆续抵岸。但书系尚未全部竣工之际,海天又策划了一套新的文丛,以现今健在的著名文化人的散文随笔为内容。大概是因为柳某与海天已有一次愉快的合作,自己也常写点散文随笔,又身居"人杰地灵"的北京,便于"以文会友",于是,海天又要柳某出面张罗。这便是这套书系产生的来由。

什么是散文随笔?前几年,一位被尊为大师的权威人士曾斩钉截铁地谓之为"写身边琐事"。我曾努力去领悟其要义,但就自己有限的文化见识,总觉得这个定义似乎不大靠谱。就"身边"而言,散文随笔的确多写与自己有关的人或事,但远离自己的人与事入文而成经典散文者实不胜枚举;就"琐事"而言,散文随笔写人写事确讲究具体而微,知

· 1 ·

微见著，以小见大。但以经国大业，社稷宏观，高妙艺文，深奥哲理为内容的名篇也常见于青史。不难看出，对于散文随笔而言，"题材不是问题"，任何事物皆可入散文，凡心智所能触及的范围与对象，无一不可成就散文也。故此，窃以为个人心智倒是散文的核心成份。那么，究竟何谓散文呢？散文的基本要素究竟是什么呢？如果用定义式的语言来说，散文就是自我心智以比较坦直的方式呈现于一定文学形式中，而自我心智者，或为较隽永深刻的自我知性，或为较深在真挚的自我感情。说白了，如果是思想见解，当非人云亦云，而多少要有点独特性，多少要有点嚼头与回味；如果是情感心绪，那就必须是真实的、自然的、本色的、率性的，而要少一些矫饰，少一些虚假，少一些夸张。是的，尽可能少一些，如果不能完全杜绝的话。诗歌中常有的那种提升的、强化的、扩大的感情似乎入散文不宜，还是让它得其所呆在诗歌里吧。至于"一定的语言文学形式"，不外意味着两点，一是非韵文的，这是散文有别于诗歌的最明显的标志；二是要有一定的修饰技巧，一定的艺术化，这则是散文随笔不同于公文告示、法律条文、科普说明以及各种"大白话"的重要标志。

这便是我所理解的散文随笔。我在自己的学术专业之外也经常写一些散文随笔，就是按照自己以上的理解来"炮制"的。今天，我被委以主编重任，也是按照自己以上的理解来操作的，至于我在自己的散文随笔中是否完全实践了自己的理念，是否达到自己的理念，在这次主编工作中是否有不合理、不入情的要求与安排,那就很难说了。呜呼,知与行的脱节与矛盾,人的永恒悲剧也。

出版社策划这个书系的时候,规定约稿对象为当今的文化名家。当今的文化名家种类何其多也:有在荧屏上煽情与讲道的主持人,有靠摆Pose与哭功而大富特富的影视大腕,有靠搞笑与搞怪的演艺奇才……人人都在写散文随笔,这大有成为当今散文随笔的主旋律之势。但按我个人的理解,这里所讲的文化名家不外是两种人,即具有作家文笔的著名学者与具有学者底蕴的著名作家,这两者的所长正是我对何为散文理解中所谓的"心智"这一大成份。由于我自己的圈子所限,这一辑的约稿对象全是上述的第二种人,即具有作家文笔的著名学者,而且基本上都是弄西学的学者或游学国外多年的学者,多散发出一点"洋味"的人。

学者写散文似乎有点"不务正业",有点越界,侵入了文学家地盘。但对于学者来说,特别是对人文学者来说,却完全是性之所致,是一种必然。他本来就有人文关怀、人文视角、人文感情,这种心智状态、心智功能,一触及世间万物,就莫不碰撞出火花。只要有一点舞文弄墨的兴趣、冲动与技能,自然而然就可以产生出有点意思的散文随笔了。虽说舞文弄墨也是一种专门技能,需要培养与操练,但对于弄西学的人文学者来说,整天在世界文库里打滚,耳濡目染,这点技能是可以无师自通的。况且,人文学者于散文更有自己的优势,毕竟,他的知性是向全人类精神文化领域敞开的,他的目光是向全世界各种事物投射的。其散文随笔的题材,自是更为丰富多样,投射观察的目光自是更为开阔高远。而得益于世界各种精神文化的滋养,其可调配的颜色自是更为丰富多彩:说不定,也许我们这个时代有意思的散文随笔正是出自学者笔下呢,学者散文实不容当代文学史家忽视也……

不能再说下去了,再说下去就会变成"王婆卖瓜"啦,不过,我还是相信,这一辑学者散文也许能给文化读者多多少少带来一点不一样的感觉。

2012年5月

目录

辑一 信步闲庭

莱茵河的审美盛宴 …………………………… 2

萝蕤莱 …………………………………………… 9

涅卡河：深沉而浪漫 ……………………………13

旷古未有的"友谊纪念碑"

——德国新天鹅石堡纪事………………… 19

哥廷根的"提鹅姑娘" ……………………………27

达沃斯之魔 ………………………………………33

旖旎007 …………………………………………39

青海湖畔的歌吟 …………………………………43

"强国梦"的缩影 …………………………………47

雨中登"空中花园" ………………………………53

原始的野趣

　　——九寨沟散记·················58

终上太阳岛·················63

辑二　故乡遗梦

逃　难·················72

四十年的轮回·················78

决断时刻·················91

绿色废墟的凭吊·················101

渎神的刀斧·················106

青春的摇篮

　　——献给我的中学母校·················110

衢州城话·················114

山不在高，有仙则名·················118

牛的记忆·················123

春　节·················128

守住祖宗的遗产·················131

色彩的号令·················135

辑三　精神守望

赛珍珠的中国情结 …………………………… 140

学贯中西的一代宗师

　　——回忆冯至先生 ………………………… 146

杨绛先生印象记 ……………………………… 151

温馨的忘年交

　　——忆赵萝蕤先生 ………………………… 158

他步入了自己建造的天堂

　　——悼史铁生 ……………………………… 175

吴冠中的精神操守 …………………………… 180

悼文物专家罗哲文 …………………………… 187

大写的"世界公民"

　　——为纪念歌德、席勒诞辰而作 ………… 191

追问存在

　　——关于卡夫卡 …………………………… 197

精神守望的坐标

　　——读周国平的《善良·丰富·高贵》 ……… 202

地狱和天堂 …………………………………… 206

圆明园不可复制 ……………………………… 211

辑一

信步闲庭

莱茵河的审美盛宴

20余年前的一个秋日,第一次乘火车从斯图加特去波恩,听说这趟不到三小时的旅程,将近两小时是沿着莱茵河走的,这使我喜出望外。国内的大江大河,如旖旎秀丽的钱塘江富春江我看过了,雄奇险峻的长江三峡,黄河三门峡、刘家峡我也看过了,只是这莱茵河的名字从中学起就不断叠印在我的脑子里,迄今仍是一个梦景,或者说一种奢望,如今终于能如愿以偿啦。

当火车一挤出城市的"水泥森林",就径直在田野和丘陵中穿行,融入了人的智慧和血汗的大自然的状貌和色彩格外诱人,使我很快进入了梦一般的境界而忘记了前面还要与莱茵女神首次会面的激动人心的时刻。

不知转了多少道弯,换了多少个景,列车终于拐了结束阶段性旅程的一个弯,右前方突然出现一片开阔的盆地,只见鳞次栉比的房舍间,三两座现代高楼与几座教堂尖塔在争夺城市天际线,一条滔滔大河为这座幸运的城市镶了一道浅蓝色的边，然后在我们的脚底下转了一个90度的弯，就领着我们的列车沿着一条巨大的峡谷径直向前而去。只见河上各种船只——运客的，载货的，捕鱼的……往返穿梭。正当我的视线被这如画的江面所牵动的时候，对面陡峭的悬崖上突现一座巍峨的古堡！它立刻吸引了我的注意：这莫非就是书中常读到的中世纪骑士古堡，抑或是作为防御工事的军事碉堡，再不就是作为权势者偶尔一用的猎宫、行宫？或者……还没等我猜完，又一座古堡出现了，不久是第三座、第四座……它们一座座依山而建，凭险屹立，风格不一；有的已成废墟，有的局部完好，有的好像已经维修过。它们像"拉

莱茵河上的华彩河段：险峻的山崖互相对峙，两座古堡隔岸相望

洋片"似的一个个闯进我的眼帘,又很快地消失在身后。但心中被它们激起的一个个兴奋的浪花却堆积起来,用"美不胜收"来形容真是再恰当不过了。后来知道,莱茵河上的古堡仅从小镇平根到小城科普伦茨这不到一个小时火车行程的河段就有60来座!可谓琳琅满目,争奇斗艳。这些建筑物作为"石头的史诗",它们是历史的见证;作为造型艺术的一种,它们是审美的载体;作为一个时代的风习,它们是文化的表征。如今,它们作为宝贵的文物,就像璀璨的宝石镶嵌在千山万崖之间。若把莱茵河比作一位雍容端庄的贵妇,那么它们便是她身上闪烁的头饰了。每到夜晚,它们的实体隐去了,灯光描绘出了它们的轮廓,你分不清是天女散花,还是焰火腾空。无怪乎它们激起19世纪初欧洲浪漫派特别是德国浪漫派那么大的兴趣,成了他们笔下描绘、吟颂、变奏不尽的题材。拜伦、雪莱、雨果、海涅、F·施莱格尔、布伦塔诺……都成了莱茵河中段这位"美妇人"的发现者和钟情者。雪莱的名作《莱茵河畔的法兰克斯坦》、海涅的名诗《萝蕤莱》、F·施来格尔的名文《莱茵行》、布伦塔诺的佳作《重返莱茵》等等都是他们的"情书"和经典名篇。后来人们干脆把莱茵河"华彩河段"的发现"专利权"让给了浪漫派作家们,称这一河段为"浪漫走廊"。后来我每次经过这里，都提醒自己不要忘了浪漫派作家们为我们留下的这份珍贵的美学遗产：将他们的文与眼前的景融汇一起，尽情享受一顿丰盛的审美会餐。

然而，要"尽情享受"，火车岂不太快了？好在现代旅游业可以满足旅游者的多种需求，专门有游轮为游览莱茵河的这一"华彩河段"提供这种需要。于是有一年我选了个夏日，从平根乘游轮顺流而下，站在甲板上不仅可以全方位地尽情观赏左右两岸的旖旎风光，特别是上述建筑物的正面和侧面，还可以仔细考察一下造成这一河段古堡集中的原因，也就是大自然如何塑造了这几十公里特殊的山形地貌，刻画出这一河段蜿蜒多姿的"曲线美"。因为正是河的美才吸引了那么多人竞相上山"筑巢"的。于是经历了轮游行程中最激动人心的一幕：与"萝蕤莱"的相识。那是一座巨岩峭壁。当轮船向它驶近的时候，它像一位顶天立地的巨人，挡在我们的面前。就是这座高达139米的庞然大物迫使莱茵河向一边夺路而逃，并来了一个90度的急转弯，从而造成那位传说中的渔夫因被岩顶上一位美女的歌声听得入了迷而触岩丧命的悲惨故事，也带来了刚才提及的海涅那首美丽诗篇和根据这诗篇而产生的300余首歌曲。从小就被海涅的这首名诗和由希尔歇谱写的那首同名歌曲所陶醉，如今身临其境，那久久萦绕心头的不朽旋律不禁哼出声来，因而招来了不少会心的目光。

人对美的追求也像对真的追求一样，是没有止境的，而且是不知疲倦的。满足了轮游以后又感到不足了：不能上岸。于是我又萌发了一个愿望：乘车前往，亲自登上某个或某些城堡，实地体验一番古人的情怀：如果它是防御工事，则可领略一下古代军事家的眼光；如果它是行宫或景宫，则可饱览一番远近莱茵河的风光；如果它是骑士古堡，也可了解一下这些堂·吉诃德的祖师爷们当年的"浪漫风采"……经打听，除了废墟和被利用来做了旅馆的，这些古堡大多不对外开放；只有一座名叫"索奈克"的，属于私人的遗产，作为文物博物馆接待参观者。多亏德国朋友布施先生的美意，他开车成全了我的夙愿。行前他跟我打趣说："叶先生，您是研究卡夫卡的专家，我想您比谁都更知道卡夫卡笔下那位K先生的苦恼：他想进城堡，结果奋斗一生都不能如愿。假如我不陪您去，您岂不要到卡夫卡那里去告我的状了！"我说："知我者，布施先生也！"

经过六个小时的奔驰，布施先生终于宣布：莱茵河到了！我奇怪地问："莱茵河两旁都是高山峻岭，可眼前还连山的影子都没有呢！"说着，车已经在往下跑了——锦绣般的莱茵河尽收眼底。这时我才恍然大悟：原来这里最初也是平原，是大自然用了亿万年水流的冲刷，才刻蚀成了这条巨大的沟壑。后来成为日耳曼人抵御罗马人进犯的一道天堑。许多古堡就是因此而产生的。真是"造化钟神秀"啊。

索奈克古堡原是一座保存得较完好的中世纪骑士古堡。19世纪40年代初，普鲁士国王想与他的两位兄弟单独在林中狩猎，拟用当时正在兴起的浪漫主义风格将其改建为猎宫，后因发生1848年革命和国王病故而告吹。最后霍赫措伦王朝按原初的哥特式风格修建成现在的样子。它建在一个陡坡上，围墙内的各单元——门厅、平台、岗亭、庭院、裙房……逐级而上，最后是主楼，坐落在最高处，使其本来就高挑的瘦型"身材"显得更加高耸、峭拔。主要窗户都朝向莱茵河。室内的家具和装饰一应俱全，只是从未有人进住过。现在能看到的除了18、19世纪时兴的家具外，主要是作为装饰用的绘画、雕塑、陶瓷工艺品等。其中客厅里一幅描绘莱茵河景色和餐厅里一幅表现反拿破仑战争的巨型画幅气势非凡，给人印象十分深刻。

看完三层展室，来到位于古堡最前沿的观景台俯瞰，只见一派壮丽非凡的河光山色，在这天独有的蓝天白云的映衬下，如画如绣：原来河面上的滔滔波浪，此刻统统成了微波涟漪；那大大小小的往返船只，再也没有了"穿梭"的状貌，好像成了被"锁定"在锦绣中的图画。此刻的莱茵河更像一位仪态万方、楚楚动人的"贵妇"。抬头向对岸眺望，发现是一面向后仰靠的广阔的斜坡，远处还可隐约看见一座村庄。这时我们更加钦佩主人的建筑眼光：他很看重建筑的外在空间，很讲究建筑与环境的最佳关系。

莱茵河及其两岸的古堡群，一个是自然景观，一个是人文景观，二者就是这样互相衬托，交相辉映，构成莱茵河的"华彩河段"。说来也巧，参观索奈克城堡不久，一位常年在德国工作的同胞像祝贺生日似的告诉我："叶先生，你所津津乐道的'莱茵河上的华彩河段'已被联合国教科文组织作为'自然与文化双重遗产'列入'人类遗产名录'了。"我说："众望所归啊！"

萝蕤莱

萝蕤莱是一个地名，也是一个故事；因故事而成了名胜。

关于她的故事首先是从海涅的那首优美的同名诗篇中获得的，那还是中学年代。后来进一步知道，那故事最初根源于德国浪漫派诗人布伦塔诺的长篇小说《郭德维》中的一首同名歌谣。当时根本没有想到将来会有机会一睹其峥嵘。

上世纪80年代始，首次赴德国。一天从波恩去斯图加特。当火车一挤出城市，就径直沿着莱茵河逆向行驶。一过小城考普伦茨，只见对面险峻的山崖上一座接一座巍峨的古堡朝我扑面而来，一个个带着岁月的沧桑，翘望天空，又好像一一向我点头示意，犹如那穿着美丽旗袍伫立在门旁迎送进出客人的宾馆小姐，彬彬有礼。

莫非我已来到了莱茵河的华彩河段，那闻名遐迩的"浪漫主义走廊"？正当我在脑子里搜索莱茵河的争宠者——浪漫主义作家们的时候，突然发现一个巨大的阴影急速地向我袭来，定睛一看，是一座巨大的岩崖突现在我的眼前，崖顶上飘扬着两面黑红黄的旗帜。邻座告诉我，那是"萝蕤莱"。哦，就是那位倒霉的渔夫悲剧的策源地？他因被崖顶上一位正在梳头的金发少女的优雅姿态所感动，更被她的美妙歌声所迷恋，"忘记了狰狞的巉岩"而遭灭顶之灾。我的心不由沉重起来。

这时，作曲家希尔歇根据海涅那首同名诗作谱写的乐曲潜入我的内心，它那伤感而优美的旋律久久萦绕不去，我不禁哼出声来，以致招来不少会心的目光。诚然，所谓"少女的歌声"也许只是诗人们——首先是浪漫派诗人布伦塔诺的魔笔创作出来的一种浪漫想象，我的默悼情绪不过是自作多情。但我相信，千百年来，在没有机动船的年代，身孤力单的船夫在萝蕤莱这里葬身鱼腹的惨剧肯定是不少的，因此在布伦塔诺以前就有民间传说流传了。你看这莱茵河的巨量河水被萝蕤莱突然挡住，不得不往一边夺路而逃，并且一绕过她，便连着"扭动"了好几下，拐了好几个90度的急转弯，从高处俯瞰，极像"金蛇狂舞"。于是江面变窄了，水流加速了，这对上述那样的渔夫自然是一种恶兆。这个美好而感伤的传说无非是诗人们为那些不幸的遇难者们制作的美丽的裹尸布，好让他们的尸体较为体面地随波而去。不然，一个传说怎么会有那么大的魔力，让人们争先恐后地为其吟诗作曲；究竟有多少人为此写了诗篇很难统计，我只知道，单是根据海涅那首诗谱成的歌曲就达300余首，这使我们的巫山神女恐怕都要黯然失色了！

为了把它的"狰狞"容颜看个究竟，我又乘游轮光顾了一趟萝蕤莱，以便把她的正面和两个侧面都扫描一番！萝蕤莱实际上是一座山，只是她的轮廓三面都是陡峭的石壁（至少有80度吧），高达132米，且"皮肤"像鳄鱼，遍体鳞峋，呈铁青色，因此也像个"铁面巨人"，威严无比；拦在江中，确实令人生畏。不过现在人们成群结队，乘着有隆隆的马达壮胆的大轮船，没有人再会怕她的威严和威胁了，相反，人们把她看做以往遇难者的永恒纪念碑，海涅的诗便是她的碑铭。此外还有那么一个美好的女性名字做冠戴，萝蕤莱的命运自然就改变了，变成一个自然神，一个人人朝拜的对象，或者审美的对象，好比动物园中那伤过人的老虎，人们把它的有害行为归咎于它的天性，而唯念它的珍稀和雄健一样。君不见，千千万万的过往行人，不管是乘车来的，还是坐船来的，都要提起精神，投萝蕤莱一瞥：或发出一声惊叹，或沉入默默遐想，或获得一睹为快的满足。而那两面不停飘动的小旗，成了大家目光的旗语，仿佛在说：往这儿聚焦吧，金发女郎在这儿呢！……这时我想：为什么从未有人在这上头造一座宝塔,以便把这巨怪镇住,不让它残害生灵;或盖一座神庙,好让它保佑人们经过这里安然无恙,像在我们中国常见的那样?庶几这也是所谓东西方文化的差异吧。

萝蕤莱既然与人的行为发生了那么密切的关系,它就具有了人文内涵,具有了文化价值,而成为不朽的文物了。它位于莱茵河最壮丽的河段,与这一河段上琳琅满目的古堡群相映生辉,与它们一起构成莱茵河上最绚丽的风景,而且是这道风景中最醒目的亮点。不难理解,2002年,萝蕤莱与这一河段上别的内容被联合国教科文组织确认为"自然与文化双重遗产",作为全人类的保护对象。这样,萝蕤莱由于附丽于一篇不朽的童话而光照千古。往后萝蕤莱的粗糙皮肤仍像鳄鱼,其严峻面容依然"狰狞",但它的形象将变得更加庄严,而在我的心目中,它永远是那位渔夫的墓碑!

涅卡河：深沉而浪漫

涅卡河在德国西南部蜿蜒300余公里，最后汇入莱茵河。她的水量充沛，但流速缓慢，因而显得深沉，饱满，像个学识渊博、富有涵养的人；每次与她相遇，都令我肃然起敬，而又让我感到亲切和欣慰。在德国，像她那样大小的河流数以十计，但像她那样具有的亲和力，找不出第二例了！奇怪，她流经她所在的巴东—符腾堡州的首府斯图加特，似乎并没有给她增加什么光环，但她流经的两个小县城倒给她带来无上的声誉。这就是位于她上游的图宾根（一译蒂宾根）和下游的海德堡。这两个小城，前者不过7万多人口，后者的人口也不到13万，可两座大学的师生员工及其家属的人数分别占了全市人口的三分之二和一半以上，是名副其实的"大学城"！

说来有趣，德国有数的闻名世界的五六所名牌大学，一多半都是"农村出身"。除这两所外，还有哥廷根大学和弗莱堡大学。若论历史，则海德堡大学是开山祖，1386年即

信步闲庭

涅卡河流经图宾根的一景

"文艺复兴"的早期就诞生了！在欧洲仅晚于布拉格大学。图宾根大学建于1477年，比我国的第一所大学还年长500多岁。中国俗话说，"一方土养一方人"。涅卡河流域能产生这样数量的最古老而且始终保持旺盛生命力的最高学府，和这一带的水土能没有关系吗？

涅卡河，这股源自阿尔卑斯山的雪水，经过了多少大山深处的岩隙和沃原土层的渗透，汇集到这里，不知带来多少稀有的微量元素和神秘的生命密码。所以，我每次走过图宾根的爱伯尔哈特桥或海德堡的任何一座大桥时，都会不由自主地停下来，静静地看着那略带混浊的河水的流动，仿佛要从中寻找出孕育了无数智者大脑的那些元素，破解出那些密码；还想听一听当年天文学泰斗开普勒、哲学大师黑格尔、谢林等人在图宾根留下的话音；存在哲学大师耶斯佩尔斯、诠释学创始人伽达默在海德堡大学课堂上演讲时尚未消失的余响。这一切生命信息，我想都密藏在涅卡河里，由她世世代代向后人传递着，否则，这两所古老的学府何以能长盛不衰？

是的，涅卡河是沉静的，爱思考的，即使有时波涛汹涌，桀骜不驯，也不离思索，呈现德国式的浪漫。君不见，其风格与西欧浪漫派殊异的"德国浪漫派"后期的几位实力人物，都是涅卡河的伟大儿子：荷尔德林、乌兰德、布伦塔诺、阿尔尼姆！尤其是荷尔德林，图宾根人最引为骄傲：这位最具"诗人哲学家"气质的天才，以他不同凡响的诗篇和杰出的叙事作品，不仅表达了对他的时代的忧思，而且预感到未来人类的生存危机，传递了属于未来世纪的审美信息。可以说，他所隶属的流派的首领兼理论家F·施莱格尔通过理论阐述所做的，他也做了，而有些施莱格尔未能做的，他也做了！无怪乎，这位不被他的时代所理解的诗人，现在人们把他视为欧洲浪漫主义到达现代主义最便捷的桥梁，因而名声与日俱增！而他，从小喝涅卡河的水长大，为涅卡河唱过多少美好的歌；曾与黑格尔、谢林等杰出人物在图宾根一同求学、结交，不幸至而立之年即罹患顽疾（精神错乱）。1806迁居图宾根医治，虽然继续写诗，但没有人理解他，却成了孩子们逗乐的对象。最后没有人管他，多亏一个好心的木匠师傅的家庭接纳了他，让他住在他们家的阁楼里并照料他的生活，直至他最后结束自己的生命（1843年）。

1996年一个夏日的中午，当图宾根大学的著名老诗人、荷尔德林的研究者保尔·霍夫曼教授在陪我吃饭期间讲起荷尔德林晚年落魄时的一些细节时，我不禁潸然泪下。但荷尔德林在图宾根的37个春秋，始终都与涅卡河相依为命！你看与他朝夕相处的那幢米黄色的三层小楼，俗称"荷尔德林塔楼"，就直接濒临河的岸边。站在爱伯尔哈特大桥上，朝逆水方向的右前方看去，不足百步，即是塔楼之所在。它以一个弧形的立面造型，突出于岸边整齐的墙面，成为游人视线中最醒目的目标。这个"突出"的设计，正表明荷尔德林与涅卡河的突出关系。故他曾宣称，这是他的"墓茔和庙宇"。是啊，涅卡河曾经给了他多少奇妙的灵感！她像一把琴，日夜伴他工作、睡眠；发病，思考。事实上，他在图宾根期间，虽然离不开医院，但他那些最瑰丽的、属于20世纪的诗篇，好多是在这里产生的！他最后把他的许多手稿甚至自己的生命都遗留在了这里，说明他要永远与涅卡河为伴。

正面带尖顶的黄房子即所谓"荷尔德林塔楼"

虽然他的遗体被埋在图宾根公墓,但他的灵魂却始终留在塔楼里。无疑,这幢"荷尔德林塔楼"才是荷尔德林永恒的墓碑!与他永远相伴的是"施瓦本浪漫派"首领乌兰德。这位图宾根大学秘书的儿子也是在涅卡河土生土长的,不仅是杰出的诗人,而且是有为的民主政治家和渊博的学者,是日耳曼语言文学的奠基者之一。而且,在荷尔德林寂寞的年代就为荷尔德林编过集子,还写过他的传记。有这样一位有成就的乡亲和同仁与自己为伴,荷尔德林该不会感到寂寞的吧?

在涅卡河的另一头,与荷尔德林遥相呼应的是德国后期浪漫派的"海德堡派"代表人物布伦塔诺和阿尔尼姆。他们不关心政治，也厌恶工业化气氛，而潜心于诗歌营造。在这方面涅卡河给了他们另一种灵感，使他们除了写诗和办刊物以外，把注意力转向自然，转向民间，悉心从事民歌的收集工作，完成了德国文学史上两部最有价值的民歌集之一：《儿童的奇异号角》，既有力地抵消了德国浪漫派的"消极"倾向，又为涅卡河增添了人文分量，从而无愧于海德堡的光荣后裔。

啊，无尽的涅卡河，千百年来，你就这样流淌着，涌动着；时而深沉，时而浪漫，而且还将继续这样下去。那么，你还会哺育出多少个开普勒、黑格尔、伽达默、布伦塔诺、荷尔德林？我仰望着，期待着。

旷古未有的"友谊纪念碑"
——德国新天鹅石堡纪事

欧洲最著名的山脉——阿尔卑斯山从德国南部横贯而过。离巴伐利亚州首府慕尼黑约两个半小时的车程，即见巍峨的山坳上耸立着一座挺拔峻峭的古堡，叫"新天鹅石堡"。随着欧洲旅游热的不断升温，它的名字频频出现在各种媒体或日常言谈中：到过者无不津津乐道，没有见过的更是跃跃欲试；不仅关于建筑，还有它作为精神的载体以及建造它的主人，都有丰富的谈资。

"新天鹅石堡"建于1869—1886年。它出于巴伐利亚王国一位年轻国王的艺术奇想和友谊情怀。这位国王在19岁的时候，在宫廷还没有来得及把他训练成成熟的统治者时，就因父王突然去世而于1864年匆匆登基了，称为路德维希二世（1845—1886）。难怪他在取得对普鲁士战争的胜利（1866年）后，对政务就越来越疏离，而把主要兴趣放在音乐、戏剧与建筑上。在他在位的22年中，他敞开国库，大兴土木，

信步闲庭

从背面看新天鹅石堡

一共建造了三座富丽堂皇的大型建筑,即林登胡夫宫、新天鹅石堡和赫伦希姆湖心岛上的仿凡尔赛宫。而新天鹅石堡是三者中的压轴戏。如今,由于它的名气而带动了其他两座建筑的"共荣"。

路德维希二世热衷于建筑,并不是为了追求自己的物质享受。若是为了这个目的,他大可免去这番心血。因为就在"新天鹅石堡"的右前方的下坡上,就有一座他父王建造的、十分讲究的杏黄色行宫。他迷狂于建筑,确实是出于对艺术的爱好,把建筑作为艺术来追求。正因为如此,首先在选点上就见出他的眼光和勇气。你看,在群山环抱的适当高度上，安放着一件大小合适的建筑雕塑品。从远处向她看去，她既不"过谦"地深藏，又不骄纵地突现。在她的前方，冈峦起伏，浓荫笼罩；尤其是那两泓湖水，一左一右，碧波荡漾，妩媚无比，犹如她的两只动人的眼睛。从她身旁往右侧下看，却又惊险非凡：一条百米深涧，顿时使城堡变成了"空中楼阁"。头刚抬起，忽见一条白练从山中喷薄而出，呼啸着直落涧底；又见一桥高悬其上：看桥上人，你不禁为他提心吊胆；但当你站在桥上往下俯瞰，却更加心惊肉跳。……建筑与环境的这种特殊关系，令人想起了欧洲许许多多的中世纪骑士古堡，它们都有这种据险掠美的嗜好。不信你去看看莱茵河的"华彩河段"，即从德国平根到科不伦茨两岸山上那争奇斗艳的众多古堡，不过比起"新天鹅石堡"来似乎都不在话下了。

再看这座建筑的整体造型，她从欧洲某些不同时代的建筑风格中攫取了某些局部的建筑语汇加以改造利用，又糅合了欧洲古堡建筑、王宫建筑和教堂建筑的不同特征，创造出了一种新旧难辨、宫堡难分，有时被称作"新浪漫派"的新颖风格。她的塔群如林、一塔主先的风貌，既是对建筑中各种古堡形态的回眸，又是在大自然中与阿尔卑斯山的千峰竞拔相辉映。要说建筑与环境的绝妙关系，则"新天鹅石"是也。

但尤其值得看重的当是这座建筑的人文内涵。她是路德维希二世特地为瓦格纳建造的"友谊纪念碑"。其内部的主要空间设计莫不是以瓦格纳的几部代表性歌剧的演出场景为主题。例如："宝座厅"中呈现的是歌剧《帕茨伐尔》演出中的"圣庙"的舞台图像；"歌唱厅"模仿的是歌剧《唐豪森》中的舞台场景；而卧室则是以《罗恩格林》中的洞房为蓝本的。可以说，这座建筑倾注了国王对瓦格纳歌剧的极度崇尚，对瓦格纳作为艺术家的无比景仰以及对瓦格纳友情的无限深沉，正如国王在一封信中向瓦格纳坦露的："这是一座为神圣的朋友建造的荣誉殿堂"。

国王把瓦格纳视为"神圣"完全出于他的真心，他从小就喜欢上瓦格纳的歌剧。在他12岁的时候，读到瓦格纳那两篇纲领性的论著即《未来的艺术作品》和《未来的音乐》就激动不已。须知，瓦格纳对于这个王国的统治者来说是"危险分子"：他因参加1849年的德累斯顿武装起义而被流放，被通缉。但即位后还不到20岁的这位王爷却根本不在乎这一切。他马上颁布特赦令，主动与比他大32岁的瓦格纳结为忘年交，把他接到宫里，出资排练他的歌剧，经常与他一起观看演出，书信往来频繁。在一封信中他甚至这样来表达他对瓦格纳的崇敬与挚爱："我不爱女人，不爱父母，不爱兄弟，不爱亲戚，没有任何人让我心中牵挂，除了你！"除非向异性求婚示爱，谁在向亲朋好友表达时，使用过这样的语言！这是在瓦格纳后来为官方所不容，被逐出巴伐利亚首府慕尼黑后写的。他对瓦格纳的怀念有增无已，甚至在瓦格纳后来表示拒绝回慕尼黑后，他还亲自赶到瓦格纳在瑞士卢采恩的暂居地特利卜申去看望他，为他过53岁生日，还在他家里住了两天。

一个最高统治者对一位艺术家的器重与友谊达到这种不顾屈尊的地步，这无论在艺术史上还是宫廷史上，恐怕都是罕见的。必须强调，瓦格纳的艺术是当时德国浪漫派的思潮在音乐中的反映，有相当多的成分是属于未来的，具有超前性。他一心要把古希腊悲剧、莎士比亚和贝多芬合而为一，将哲学、文学、神话、诗歌、音乐、人声、手势、造型艺术等等熔于一炉，创造出一种新型的音乐戏剧。这种曾在17世纪巴洛克时代被看重的"综合艺术"当时并不为很多人所理解，只有少数像尼采这样的天才才看出它的伟大前途，并一度与瓦格纳成为至交。

路德维希二世分明也看到了瓦格纳艺术的这种前途，才毫不犹豫地将瓦格纳那些后来成为名作的作品一一予以支持和排练。对此国王本人非常自信和自豪。当瓦格纳于1883

年去世时，他在极度悲痛之余，说："全世界都在哀悼这位艺术家，而我首先发现了他，并为世界拯救了他。"这并非过实之辞。瓦格纳自己也说过：国王是他的作品的"共创者"。别的姑且不说，单在财力上，国王就先后为之耗费21万马克之巨。国王曾特地为瓦格纳在王国东北贝罗伊特城建造了一座迄今仍在使用的歌剧院，并为他建造了像样的私人别墅。此外国王还关心瓦格纳的个人生活，悉心把大音乐家李斯特的女儿考斯玛介绍给他，使他重建幸福的家庭。国王还出钱让瓦格纳赴欧洲艺术之乡意大利尽情旅游达11个月之久……如果不是如自己所说的"我亲眼看到了不朽，真的，我似乎看到了天上最最神圣的东西"，看到了瓦格纳的艺术将与"石头的史诗"一样"不朽"，这位国王怎么可能如此不惜代价，在宏伟的阿尔卑斯山建造一座宏伟的殿堂，来永远陈列瓦格纳的作品，纪念他们之间的友谊？

这位被认为精神不正常的国王，与后来也患了精神病的尼采一样，获得了一双异常的美学慧眼。他在权势显赫的宝座上，居然看到了艺术的"神圣"，并把艺术家放到了比他的宝座更高贵的圣坛上。这是发人深省的。古往今来，一个国家为它的帝王的威严和享受，不惜工本，大兴土木，比比皆是。但一个艺术家，尤其是在他尚未名声远播的时候，就享有这样的殊荣，恐怕是绝无仅有了！现在我们看到的这座昂然挺拔、如火箭飞升的宫堡，不仅是阿尔卑斯山上一道美丽的建筑景观，而且也是欧洲文化发展中一道壮丽的人文风景线。

巴伐利亚王国为它的国王的建筑狂想而背的债务可想而知，几年内竟达1400万马克之巨，相当于这个王国三年的全部收入。这引起了宫内的实力派，首先是国王的叔父路伊特波尔德王子忍无可忍，他联合几位大臣于1885年开始向国王发难，并于翌年夏天借口国王患有精神病派宪兵把他从新天鹅石堡押回，迫使他投湖而亡，时年41岁。

这个结局对国王个人而言无疑是悲剧，但若从我们后人的眼光去看，又何尝不是喜剧！瓦格纳是个奇才。他不仅是伟大的音乐家，而且是杰出的文学家，并成功地将二者融为一体，创造出崭新的音乐剧或新歌剧，成为现代音乐的先驱。因此他的艺术属于全人类。历史上少了某些帝王无损于人类什么，甚至更好！但如果没有瓦格纳，则人类音乐的星空就少了一颗耀眼的巨星，世界音乐史也就缺了光辉的一页。诚然，没有路德维希二世，瓦格纳的歌剧迟早会得到排练，但在他生前却未必。那样，今天我们看到的就不是原汁原味的瓦格纳歌剧了！在这个意义上说，确实是路德维希二世在关键时刻"为世界拯救了"瓦格纳。

"喜剧"的另一层理解是经济价值:"新天鹅石堡"今天源源不断的游客为巴伐利亚州带来滚滚财源,不知几倍于当年的债务了,从而为这个州的旅游业创造了奇迹!

再一个是建筑上的:国王手建的另两座建筑均因其陈腐的洛可可霉味(林登胡夫宫)或仿制品的俗气(仿凡尔赛宫)而不值一提。但唯有"新天鹅石堡"如此吸引人们的眼球,说明它确实丰富了欧洲古堡的画廊,从而为欧洲古堡建筑史增了辉。

既然这样,我们为什么不可以说,路德维希二世是个"悲剧英雄",因而是个历史人物呢?

哥廷根的"提鹅姑娘"

在德国从南往北乘火车去哥廷根是一种享受：快到目的地的几十公里，山形地貌格外诡异而壮丽，让你不停地滚动着眼球，应接不暇——大自然以这样的美意把你迎进这座名闻遐迩的大学城。

像德国几乎所有的名牌大学都在小城市一样，哥廷根也是个只有13万人口的小城。其中以这座城市命名的大学的学生加教职工的人数几近4万，加上他们的家属那就超过全市总人口的一半了！这还不是名副其实的大学城？

登上高处俯瞰全城，只见三四个诞生于文艺复兴时期的黑乎乎的教堂塔楼，高高耸立于古城之上。远处有一两幢现代的高层建筑与之遥相呼应，但构不成干扰。不知是由于政府的规定，还是市民的自觉，或是这里的房地产开发商的大局眼光，他们没有让现代的"水泥森林"淹没或者取代古城。即使是新建的哥廷根大学图书馆，它是德国五大图书馆之一，但它的建筑只有三层，而在功能和审美上都是广受好评的,成为哥廷根新建筑的一个亮点。如果你走进老街区看一看,你更会感觉到,上述三种人的态度对于哥廷根人不啻是一种福祉。市中心有好几条街巷都完好地保留着一批"文艺复兴"时期遗留下来的德国传统民宅建筑的精华——"桁架建筑"(德国人对于桁架建筑的珍视一如北京人对

哥廷根街景一角

于四合院。德国西南地区的一部分桁架建筑甚至被联合国教科文组织列入"人类遗产"名册)。例如位于文恩街的三层"施罗德楼",那是一个织布匠1547年请人建造的,其拱形的门楣上至今仍饰有梭子和梳子的图像。邻近的一幢同类建筑还要早,叫"参谋药房",那是1480年就诞生的老字号。离这不远的王子街也有一幢来历不凡的三层楼,它自大学成立(1734年)以来就是大学生们聚会的一座典型的"老德意

志"酒吧。这一带的一座最醒目的桁架建筑位于光脚街与全市中心大街交汇的拐角处，它建于1500年，不久一位市长用文艺复兴风格将它装饰得华丽非凡。由于这些建筑的特殊身份，它们在现代享受着比以往更好的待遇：步行街。

作了这一番"环境描写"以后，现在该请出我们的女主人公了，即那位被人吻得最多的提鹅姑娘，她就在刚才提及的那幢华丽的桁架建筑近旁，位于市议会大厦（"大厦"是习惯说法，实际上并不大）前的小广场上。这是一尊等人高的铜雕，基座是一座一米多高的方形水池，雕像就竖立在水池中央的一个石墩上。两旁和头顶都有铜雕的花枝相护，上下均有喷泉涌流。只见这位约莫十六七岁的女孩右手提着一只还在呱呱叫唤的肥鹅，左手胳膊肘勾着一个菜篮子，篮子里又有一只鹅正扑腾着想跳出篮子。女孩则顾不上这些小生命的处境，她微露笑容，欣喜地数着左手手心里剩下的钱。她穿着长裙子，由于身体壮实，短小的上衣显得有些紧，右肩上的短袖都已经绽破了。看那粗壮的胳膊，显然是个劳动家庭的孩子。由于她的勤劳、纯朴的风姿和天真而甜美的神态，"人见人爱"，以至成了这座大学城里的青年学子们的"梦中情人"。他们通过博士论文答辩后的第一件事，就是戴上博士帽，穿好博士服，赶紧跑到这里来吻一吻这位少

信步闲庭

世界上被吻得最多的少女

女,仿佛告慰她说:"我已经熬过这一关了!"不知从什么时候起,这已成了一种习俗,一种礼仪。

几年前我又一次去哥廷根大学访学,有意想目睹一下这一礼仪的全过程。于是我首先参与旁听了一位我心仪的中国博士生的论文答辩。答辩通过后,教学楼的门口正络绎不绝地聚集起几十位中国留学生,有的还拖儿带女,却不见一辆汽车。不久一位男同胞推来一辆二轮手推车。我诧异:这是干什么用的?这时人们开始忙乎起来,几个女生熟练地给他穿戴上博士服、帽,还给他衣帽上插上、挂上自制的各种小玩意儿,可谓琳琅满目,让人觉得有些好笑。新博士与他的导师拥抱、道谢后，人们就让他坐进了那辆手推车里（准确地讲是蹲在里面）。我不禁扑哧一笑，心想：这不是演滑稽戏吗？旁边一个年轻人看出我的表情，与我耳语道："这本来就是玩嘛：他在考场上被烤了半天，现在为他放松一下。"是的，我说，好比民间"闹洞房"，什么恶作剧都有，这才叫喜庆呀……这时队伍已经开拔了，浩浩荡荡，却又松松散散。几个小孩反复争抢着拉博士车。尾随其后的是几辆幼儿小推车。这个车队与北京常见的豪华的结婚车队形成强烈的反差，我怀疑，是不是现代的知识新秀们在着意模仿古希腊的犬儒主义？

约半个小时后，车队终于进入本市主要的步行街。当地的居民当然已经司空见惯，但外来的游客则不免新奇，一个个驻足围观。到了目的地，我们的这位新博士已经如饥似渴，一下车便直奔他的目标，利索地爬上水池，搂住临时捧起鲜花的少女吻了起来。这时底下七嘴八舌，这个说："搂的力度不够！"那个说："吻得再热烈些！"新博士显然已经"醉"了，傻头傻脑地只顾按照大家的命令去做，以致做出许多引起大家哄笑的动作来，还把博士服淋得湿漉漉。下来后，我继续悄悄跟他寻开心："大家把你折腾得好不狼狈，可你也把你的'新娘'折腾得苦不堪言！现在该想不起刚才考场上的热烤了吧？"他哈哈一笑："嘿，不堪回首，不堪回首……"

我深深为这位美丽、善良和友好的少女祝福，她年年月月站在这里，先后不知礼遇了多少来自世界各地的青年知识精英，他们中后来有30多人成了诺贝尔奖获得者。比他们早得多的更有19世纪的一大批杰出人物，对于国人知名度最高的当推大诗人海涅，当他结束法学博士论文答辩的时候，肯定是拿着他的爱情诗篇飞跑着来向少女施吻礼的！可惜19世纪的另一位德国大人物可能就没有这个福分了，他后来成了统一德国的"铁血宰相"，但在哥廷根大学却是个不受欢迎的"捣蛋鬼"，以致被学校逐出哥廷根，把他软禁在郊外的一座孤堡里……

哦，可爱的提鹅姑娘，你身为劳动者，却与全世界的莘莘学子结下如此深厚的缘分！如今你在我的眼里既是"美"的化身，又是"学"的象征。那么，让我以现代人的时尚赠你一个雅号吧：哥廷根大学形象大使！

达沃斯之魔

提到瑞士名镇达沃斯，人们首先会把她与世界经济论坛联系起来。但我知道这个小镇，至少早于这个论坛诞生（1987年）前25年，即在上世纪60年代初读托马斯·曼的名著《魔山》的时候。小说里作为众多人物唯一活动场地的"森林疗养院"，就在达沃斯的一个山坡上，俗称"山庄宾馆"。这是一座供世界各地上流社会享用的肺病疗养院。在托马斯·曼的小说里，她是一座仿佛被某种魔力控制的"魔宫"：病人一进去多半就出不来了，但不是因为病情的原因。现实中的这座疗养院倒使不少人恢复了健康，如托马斯·曼的夫人卡齐娅就曾于1912年3月至9月间在这里疗养了半年，20年后人们仍看到她活跃在滑雪场上。小说里的人物一进入这座疗养院，就仿佛对这里的生活环境失去了抵抗的意志，而跟着一天天"烂"下去，甚至于小说主人公卡斯托洛浦原本只是想去看望一下他的一个亲戚，谁想进去后一住就是七年！

《魔山》的写作始于1912年。这一年托马斯·曼曾于五六月间因探视妻子在达沃斯逗留了近一个月。显然,达沃斯这一段经历给了他创作《魔山》的灵感。不过当时他只是写了个中篇小说,长篇的计划因第一次世界大战而中断了。战后,面对欧洲现代主义文化思潮汹涌澎湃,社会主义运动风起云涌,这位原来政治和文化上倾向于保守,而对尼采哲学倒颇为暧昧的大文豪经过紧张思考,这时却对社会主义表示出暧昧,而对尼采哲学则要拉开距离了。仿佛他注定要充当欧洲批判现实主义最后一个浪潮的代表,来宣判资本主义世界的无可挽救,而这个灭亡的幽灵就潜伏在这座见证死亡的肺病疗养院里,长篇小说《魔山》就围绕这一主题展开了。1925年《魔山》出版。四年以后,它和名作《布登勃洛克一家》让托马斯·曼走上了诺贝尔奖的领奖台。

我后来知道小说描写的地理背景是个实有的存在,梦想就开始了:什么时候也能亲临一下这个奇妙的山庄?35年后——尽管这个过程相当长,但它还是实现了——1995年至1996年,我利用在瑞士进行学术访问的机会,几乎把它所有的名胜古迹扫荡一空,其中自然少不了达沃斯之旅。多亏了瑞士的爬山火车——我换了三趟火车,费了三个多小时,才终于来到了海拔1580米的高度——达沃斯的所在地。但不要

达沃斯镇俯瞰

以为这是高山之巅，不，它四周仍是群峰环抱，而且绝对高度都在1400米至1800米之间，加上海拔，多半都在3000米以上！它们就是雄伟的阿尔卑斯山群峰，达沃斯镇就卧在它们的怀抱里。那是一条狭长而平坦的峡谷，镇上的房舍沿着它一字排开，它们或密或疏，或高或低，或新或旧，容纳着一万两千多幸运的"土著"，每年还要接待210万来自世界各地的游客。

我沿着中心街道东看看，西瞧瞧，徜徉了一回，但心里老惦念着那座"森林疗养院"，于是赶紧回头！经打听，它就坐落在附近一座矮山的山坡上。抬头一望，只见一座米黄色的发旧的大楼醒目地耸立在眼前，数了数，一共有六层。我走了好长一段路，才找到通向它的那条坡道的路口。坡道很平缓，我不慌不忙地走着，把这一段步行当做玩赏，心想：等了你多少年了，今天你终于跑不了啦！

我悄悄走进大门，准备被门房盘问并让我登记。但奇怪，门口没有人。我就大步走了进去，想找个人问个详细再参观。可惜到处冷冷清清，鬼都见不着。我乘着电梯，在每一层都溜达了一番，发现有的办公室或会议室的门敞开着。最后，在第六层的一头，走进一个有一排排座椅的会议室，往右一拐，只见一扇大门连接着一个很大的露天阳台。我喜出望外，多好的观景台，难怪昔日把这座楼叫做"森林眺景宾馆"。于是我径直朝前走去，直到约一米高的屋顶护墙旁边——好美的景致啊：整个达沃斯镇尽收眼底；两旁逶迤的山峦亲切地向我微笑；那面空旷的山坡也许就是当年卡斯托洛浦常去滑雪的地方吧？我赶紧举起相机"咔嚓，咔嚓"……"这是我们休息的地方，不是游览的地方！"一个女人的声音直冲而来。我朝右后边扭头一看，只见一个中年女人正从床上坐了起来，两眼直盯着我。我的脸"刷"的一下红了起来，心想，一路上来都没有人，怎么突然变出个女人来，而且整个阳台只有孤零零一张床！我仿佛见到了《聊斋》里的一个什么妖精。哦，对了，这就是小说里写的病人们沐日光浴的地方。我赶紧说："哦，对不起，我以为今天是阴天，不会有人来这里晒太阳……"这时前脚已跨出了门槛，落荒而逃。

小说毕竟是想象的产物，事实上，这座肺病疗养院非但没有把病人拖向死亡的魔窟，相反，它是最早给这一顽症病人带来康复福音的，而且成了达沃斯发迹、繁荣的信号。原来达沃斯最初是个牧民小镇，1857年有人发现这里的空气对肺病疗养有奇效，几年后第一批疗养者来到这里，其中一个名叫雨果·李希特的迅速康复，从而很快使达沃斯作为肺病疗养胜地而遐迩闻名。李希特干脆就留在了达沃斯，创办了《达沃斯报》等传媒，更使达沃斯声名远播。随着1890年铁路的建成，疗养院、宾馆、别墅等建筑物如雨后春笋。其间，建筑师伊斯勒起了决定性作用，他的设计吸引各个州都争相来这里建疗养院，而德国人沃尔夫冈建的"高山疗养院"迄今仍是达沃斯最有名的疗养院。

达沃斯凭着她的多山优势，滑雪、滑冰运动也很快发展起来了。1906年，这里举办了第一届世界妇女滑冰比赛。后来每年圣诞节至元旦都要在这里举行世界最有名的滑冰比赛。兴旺与繁荣，成了达沃斯最大的魔力，各行各业的人纷至沓来，在旅游旺季，接待床位甚至达到16000多张，超过了本镇的居民数。光顾者中自然少不了作家、艺术家、明星大腕等等，其中值得一提的当推德国表现主义著名画家、"桥社"创始人恩斯特·路德维希·基西纳尔，他在达沃斯住了21年之久，他的许多名画都是在这里诞生的。瑞士大作家马克斯·弗里施也钟情于达沃斯，他的长篇小说代表作《施梯勒》也以这里的一家疗养院为背景。

达沃斯，这个瑞士第二大镇，在经历了一个世纪的蓬勃发展之后，其魔力的能量一点都没有消减——自1987年起，随着七国峰会一年一度的鼓声隆隆，达沃斯的"高山进行曲"又奏出了更高的音符，让它戴上"世界名镇"的桂冠。

旖旎007

都说泰国有一处"海上桂林",位于东南沿海的普吉岛。对泰国的地理环境很生疏,连闻名遐迩的普吉岛都未曾听说过。现该岛既然与桂林有缘,似乎一下子对它熟悉了起来。而且这"桂林"又在"海上",能不去看个究竟?但又听说普吉岛是东南亚仅次于印尼巴厘岛的第二个旅游胜地,因而是恐怖分子下一个袭击的目标。于是好奇心与风险感发生了冲突。女儿说:"我们只去三两天,不会有那么巧吧?万一撞上了,那也是上帝的安排!"我想,年轻人都敢于冒险,我这条老命又何足惜哉!于是毫不犹豫地接受了东道主的建议和安排。

从曼谷起飞不到一个小时就到了!当汽车在岛上奔跑的时候,倒看不出它有什么值得我们为之跋涉的地方。但当我们登上机动小船,沿着茂密的红树林在群岛间拐了几道弯以后,情况就不一样了!只见远处一幢幢形状不一的黑影突兀于海面上;互相分离,又互相呼应。乍一看,以为是漂移的群帆。定睛再看，哦，是峰峦！那么奇特，又那么熟悉，脑海里立刻映现出桂林山水，我不禁呼出："好一派漓江奇峰！""对，就有'海上桂林'之称！"女儿一拍即合地马上接应说。她毕竟已经在泰国待了一年了，虽然也是第一次来普吉岛，但对这个名胜的知识显然比我多。加上她又是个电影迷，这会儿正派上用场。她说，这"海上桂林"可是个闻名天下的地方。就以今天我们要去的这几个小岛来说吧，它还是美国好莱坞大片"007"的拍摄现场呢。后来人们就干脆把这个小群岛叫做"007岛"了！虽然电影"007"我没有看过，听她这一说，我更提起了精神，眼睛更专注了。但我们的陪伴却不让我们马上一饱眼福，他要我们先照顾一下"肚福"。这才想起，我们没有带吃的。但这茫茫海上哪里去弄吃的呢？陪伴往右一指。只见那里黑压压一片，好像是个水上渔村，约有200米见方。驶近一看，是个篷式的联营大饭馆，有几百张饭桌，煞是壮观，只是顾客却寥寥无几。饭菜倒一下就摆齐了，好不丰盛，而且几乎都是海味，肥硕的螃蟹任你吃！我们一下就埋头于这顿美餐，顿时把"007"抛诸脑后了！毕竟她还没有被我们细看过，拥抱过。

在继续驶向"007岛"的途中，她的风姿随着我们与她的距离和角度的变化而变化，各峰峦间的位置不停地重新组合。她好像测准了我们的来意，尽情展现她的千姿百态，各种美的信息扑面而来。但奇怪，随着我们的船不断向她靠近，这种信息却骤然减少！说起来这也不奇怪："007岛"是耸立在大海上的雕塑，只有当她与海平面构成一定的比例关系时，她的美——整体的美才显现出来，这里倒用得着"距离美"这个术语了。这与笔者去过的地中海沿岸的明珠——卡普里岛正好相反，那里你必须站在高坡或峰巅上往大海俯瞰方能享受到她的独特的美：那时，多姿多彩的坡岭与大海融汇成如画如绣的壮丽景观。而"007岛"则体形较小，高度约莫百十来米，坡度几乎垂直，一旦置身其中，上不见顶，下不见坡，很有"不识庐山真面目，只缘身在此山中"之感。"007岛"是两座山的连体，彼此间只有几十米的沙滩相连。这片沙滩成了两头通海的沟壑般的山凹。来到这个山凹才领悟到登临"007"的价值：找到了观察和欣赏"白菜岛"的最佳距离。这个身高约40来米、底部不足20平方米的小岛也许是地球上最小的岛屿之一。它坐落在"007岛"与北邻的另一座山（也是岛）构成的海峡间，离"007"只有几十米之距，远看有如我承德山庄的那根"棒槌"，又像大人身边牵着的一个小孩。只有在这个山凹的北侧看去，它才像棵我国北方常见的那种下小上大的饱满的大白菜！只见它经磨历劫的通体岩石上披覆着一身与命运严酷抗争着的绿色生命,尽管足部经历了亿万年海水的浸泡变成了有如旧中国女人的"金莲",却依然昂立在大海上,成了"007岛"与周围群岛间的"景中景"。如果"007岛"是普吉岛的皇冠,那么"白菜岛"便是这冠上最绚丽的一颗"钻石"了!

  由于"007岛"在普吉岛风景区的"皇冠"地位,她的被保护的圣洁性就不难理解了。在上述山凹间的沙滩上,自然有许多出售旅游小商品的货摊。但一到晚上,小商贩们统统撤离岛屿,据说连管理人员也不例外,以尽可能减少对环境的污染。无怪乎在整个景点区不见一幢房子。平时只要有一片垃圾落地,很快就会有人来捡走。一般人见此情景,也不好意思随便抛投垃圾了。可以说,"007"简直成了南太平洋上一位冰清玉洁的娇娘。

青海湖畔的歌吟

青海湖作为地中海的"遗孤",她是地质变迁的见证者;作为内陆罕见的咸水湖,她有着特殊的身份;作为高原最大的湖泊,她是宏伟的三江之源最理想的近邻;作为西部最大、蕴藏最丰足的湿地,她是维护生物多样性的温床;作为仪态端庄、水色多样、环境优美的自然景观,她风情万种,具有极高的审美价值……

自2007年8月开始,一个以青海湖命名的、两年一度的大型国际诗歌节的主题项目在青海湖畔举行。在那一年的8月8日,来自34个国家的中外200余位诗人,在雄浑的交响乐曲伴奏下热烈地相聚湖畔,发表了《青海湖诗歌宣言》,庄严承诺:"我们将以诗的名义把敬畏还给自然,把自由还给生命,把尊严还给文明,把爱与美还给世界,让诗歌重返人类生活!"这一国际诗歌盛举很快在国际诗歌界引起热烈反响,青海湖诗歌节现已被公认为世界七个重要国际诗歌节之一。两年后的这一天,又有46个国家的200多名中外诗人齐聚青海湖联欢，但这次活动内容显然比上次更丰富：一是为刚落成的"青海湖诗歌墙"揭幕，一是为新设立的国际诗歌奖颁奖。两个项目都是出自诗人、副省长吉狄马加先生的创意。诗歌墙就地取形，仿藏族"石经墙"的形式，素朴而庄重，因而能与自然环境相谐调。她长52米，高4米，宽3米。正面刻有《青海湖诗歌宣言》的全文和上届全部诗人的签名，周围刻有古今中外29名大诗人的头像：屈原、李白、杜甫、苏东坡、郭沫若、艾青、莎士比亚、歌德、但丁、拜伦、雨果、惠特曼、泰戈尔……2009年诗歌奖的获奖者胡果·赫尔曼也在其中。今后每两年就会添上一位新的获奖者。

阿根廷诗人赫尔曼先生接受了首尊金藏羚羊奖。他曾获得过拉美世界最高文学奖——塞凡提斯奖，也曾为反对阿根廷军事独裁进行过不屈的斗争，以致两度被判处死刑。上世纪50年代他曾在我国新华社工作过，故在受奖答辞中对中国人民表达了深厚的友情。因工作关系，笔者多次与赫尔曼先生同桌共餐，深为他的人格魅力所感染。

诗人是人类中智慧度较高的一部分，是时代风雨最敏感的感知者。他们往往开风气之先，领时代潮流。当代人类世界最敏感、最紧迫的问题，往往由他们首先捕捉到，并通过诗歌强烈地表达出来。青海湖国际诗歌节虽然每届各有主题

作者与首次获得国际诗歌节金藏羚羊奖的阿根廷诗人赫尔曼

和口号,但每届都不会离开她的总主题:人与自然相和谐,诗以和平为强音。位于西部高原的青海湖,是迄今世界上最少被现代文明的怪圈染指过的圣地之一,被称为"最后的净土",是全球珍稀动物藏羚羊的故乡,名贵牲畜牦牛的摇篮,这不仅是青海人民的福祉,也是全中国乃至全人类的共同遗产。诗人们从这里发出的声音,是圣洁、真诚的歌吟,将会引起普遍的回响。德国诗人施托尔特佛特曾对笔者说:"青海湖诗歌节是我一生中最难忘的经历之一,它将激发我的创作灵感,也将成为我与友人交往中津津乐道的谈资。"

如今,青海湖诗歌墙与青海湖的"皇冠"——百里以

2009年第二届青海湖国际诗歌节会场

外的"鸟岛"遥遥相望，更构成了人文景观与自然景观"对唱"的意象。这座诗歌墙的诞生，标志着刚刚走出"深闺"的青海湖开始与文化结缘。她将迈着端庄而审慎的脚步，有选择地继续接受文化与艺术的礼赞。她将阻止一切伪文化、伪艺术向她献殷勤。有资格与青海湖结缘的艺术必须是全国乃至世界一流智慧的产物，否则就是对这位圣洁美人的亵渎。

"强国梦"的缩影

初到南通,听接待人员介绍说,两院院士、清华大学教授吴良镛曾在考察南通后说:此系"中国近代第一城"。乍一听,不免一怔:近代第一城怎么不是广州、上海这样的大商埠,而是小小的南通?

怀着几分孤陋寡闻的自惭,同时带着对上述介绍的某种狐疑,当天晚饭后跟着大家下了船,领略南通古城的"翡翠项链"——濠河,看看她桨声灯影里的模样。但在年轻导游热情洋溢的解说词里不时出现一个人的名字:张謇。张謇?好像听说过,但不甚了了。原来他是本地的一个大人物。不好说他是中国近代的第几人,至少是南通近代的第一人!据说毛泽东在谈到中国工业化的时候曾经提到过四个人:说重工业不可忘记张之洞,轻工业不可忘记张謇……南通之所以获得"中国近代第一城"的美誉,就与张謇的名字分不开。

张謇(1853—1926)原是光绪年间的"末代状元",却是较早看到"蔚蓝色的文明",主张借助"西学",以求

"实业救国""教育救国"的先行者。他以天下为己任，首先奉"洋务派"首领张之洞之命，以家乡南通和长江三角洲一带为基地，从创办"大生纱厂"开始，先后办起了运用现代工业技术的纺织厂、油脂厂、面粉厂、造纸厂、冶炼厂等等几乎属于所有轻工业必不可少的企业以及陆路水路交通机构，兴办了中国第一所现代型的师范学校——南通师范学校以及农科、医科、纺科等专科学校以及大量的社会文化设施。

可以说，张謇的救国方略是以教育为"父"，实业为"母"，"软""硬"并重，在近代概念下，对南通进行了全方位的营造。就从濠河两岸众多的景观和景点看去，许多就与他的业绩有关。例如那座掩映在秀丽园林中的"南通博物苑"，就是他主张在京城创建合图书与文物收藏于一体的博物馆的建议遭到清廷拒绝后在南通建立的。按张氏的构想，她分"天然""历史"与"美术"三个部分，实际上她将动植物园、文物收藏馆与艺术陈列馆三种功能合而为一了！而且馆、园结合，馆舍则中、西式并置，是个别具特色的博物馆。1954年，时任文化部副部长的郑振铎在全国博物馆工作会议上指出：中国人自己创立的第一个公共博物馆"要算是张謇他们办的南通博物苑了"。

河岸还有一座小型博物馆也是张謇倾注了心血并见证了

他的人才战略和艺术识见的,即"沈绣博物馆"。她与沈寿的名字联系在一起,而沈寿又因刺绣的成就名扬海内外。这位才女年轻时就在刺绣方面表现了不寻常的天赋与造诣,曾受到慈禧的赏识,并获"寿"字的赐予,乃改名沈寿。张謇很早就看中了沈寿这个杰出人才,为了发展刺绣事业并提高它的艺术档次,他特地从天津"女工传习所"(培养绣织技术的学校)把她"挖"了来,请她担任南通女工传习所所长和南通绣织局局长,并给予指点。沈寿从此放眼世界,她从中西美术作品中借鉴题材,吸取艺术灵感,以她精湛的技巧和灵性,创造了别开生面的"仿真绣"概念(不是根据几个图案一再翻版,而是与美术创作合作,不断绣出新版),创作出一幅幅新颖别致、焕发着时代气息的绣织作品,先后在意大利和巴拿马等国际博览会上获得最高奖,甚至受到意大利皇帝和皇后的亲自嘉奖。我国美术大师刘海粟观赏了沈绣艺术后兴奋不已,即席题写"神针"二字相赠,堪称最中肯的评价。沈寿因而使刺绣这门民间工艺超越了代代相传、不断重复的匠人作为,上升到艺术创造的境界,使之融入时代的艺术氛围,从而为南通又争得了一面"近代"的品牌。为总结她艺术追求的历程,在张謇的鼓励下,沈寿逝世前还在病床上通过口授赶编《雪宦绣谱》,张謇则亲自为其记录,成书后英文版译成《中国刺绣术》，使沈绣这门独特的刺绣技术和艺术流传世界。

张謇一面办工厂，一面造家园——广义的家园：在他的强国梦中，既要让工业领先，又不忘国民精神素质的提升和生存环境的营造。他重视南通，不仅因为这是他的家乡，更主要的是这里有能使他施展救国方略的条件。就看这条长达六公里的千年濠河吧！在我国数以千计的护城河中，如今幸存的还有若干？而像濠河这样河面宽阔（最宽处达215米）、水量丰富、水源不竭（它来自身旁的长江）的又剩几何？它更有多条支流贯穿城市，因而更能让人想起那个遥远的威尼斯！在物质文明逼近到今天的时刻，水对于一个城市的重要性，不亚于人的血液！故濠河对于南通的近代化的价值就不言而喻了！但濠河对于南通的意义岂止这些？作为"少女脖子上的翡翠项链"她始终浸润着南通人的精神情怀，熏陶着南通人的审美情操，塑造着南通人的文化人格。具有远见卓识的张謇显然早已看到了这些。无论濠河的规划、保护与疏浚，还是道路的改造与桥梁的架设，特别是沿河东、西、南、北、中五座公园的建造，都消耗了他的大量心力，它们在实用与审美的双重功能上投射着他的智慧的光芒，从中可以看出，在他"强国梦"的精神文化准备中，对建筑和园林艺术也不乏功底。刚才提及的五座公园可惜没有去过，但他精心营建的私家园林，即坐落在胜地狼山下的那座他自己命名的"啬园"，我是领略过的。不愧是大家手笔：他没有步名扬中外的苏州园林的套路，而是别具匠心地运用"山穷水尽疑无路，柳暗花明又一村"的美学原理：当你游兴正浓，却发现已走到尽头，于是抱怨园子太小的时候，却忽遇一门，侥幸拐入，果然豁然开朗"又一村"，如此下去，"村""村"不同。四五个"村"游下来，你想获得的审美信息该饱和了，于是心满意足地步离园门。舞台上我们见识过"戏中戏"的表现手法，觉得别有情趣。如今我们又领教了"园中园"的结构艺术，也感到耳目一新。南通市所辖的如皋市（县）那座流传着冒辟疆与名妓董小宛恋情故事的名园"水绘园"也体现了张謇的园艺思想。张謇自己的住宅，即濒临濠河的那幢三层小楼，虽然是欧式的，却是根据他自己的构想设计，看起来相当雅致，别具一格。

从这些侧面来看，张謇不愧是一个具有时代意识，而且是大有作为的人物。作为"洋务派"的一员，他要的并不仅仅是"船坚炮利"，而是"软""硬"兼顾，全面发展与谐调的完美社会。作为一个旧王朝出身的人，在时代急剧变换的疾风骤雨中，他跌跌撞撞地奋力前行，固然没有成为革命党，却也没有成为保皇派。这已属不易。而他在南通留下的许多遗迹却有力地反映了我国一代时代先驱者的强国梦，对今天的中国人仍有警策力。无怪乎濠河的一段岸壁上那幅长达70米的巨型浮雕《强国梦》不是出于前人之手，而是今人之手。说明今天的南通人比任何时候都更加理解和怀念张謇的梦想和追求。南通不啻是近代中国人"强国梦"的缩影——吴教授的结论真是一语中的啊。

雨中登"空中花园"

浙东海滨名城温岭市拥有诸多骄人的景观：除了壮丽的"长屿硐天"、神奇的"观音硐音乐厅"和"新世纪第一缕曙光登陆处"——石塘村以外，更有远郊的"空中花园"——方山。它们不仅获得国务院批准的"国家级风景名胜区"称号，而且获得联合国教科文组织确认的"世界地质公园"的美誉。它们吸引我一年内两度前往朝拜，尤其是方山。

方山顾名思义是"山"，但她更像一块从天外飞来的巨石，端坐在一片空旷的原野上，远离人间烟火，与周围群山也保持距离。你看她"胸围"正好10华里，高120米；山顶则是宽阔的大坪，花木扶疏，其间蓄着两泓蓝滢滢的湖水；而周身几乎全是垂直的悬崖；那橘瓣形的峭壁分明是流纹岩的"流纹"，呈醒目的黄褐色。所以若从远处看去，这方山简直就像一座巨大的"石桩"，托着一座"空中花园"。这引起了我的兴趣，我本来就喜欢爬山，就决心登上山去，看个究竟！

温岭的海景

多亏昔日乡友小吕，他愿意亲自陪我上山，多好的天然导游啊！爬了一两百级台阶后，走进一个凹坳处，只见一片崭新的古建筑，小吕说：这是历代远近闻名的"方岩书院"，最近花了四年半功夫刚重修完毕。叶老师，你一定会感兴趣，在这里看看，我先请你喝功夫茶。于是他和他的助手一边为我张罗功夫茶，一边给我讲这个书院的故事。听了后，我对与书院有关的三位先贤肃然起敬，于是急欲去各展厅看看他们的事迹。哦，这三位先贤都有良好的道德操守、刚直不阿的精神人格和义不容辞的社会担当，而且都以方山为治学、讲习之地，都把儒、道、释融为一体，且著作甚丰，故被称为"温岭三居士"。一位是宋代的王居安，著有《方岩文集》十卷，官至工部侍郎，《宋史》为其立传，赞曰："它心公明，待物不二"；为官敢于直谏，曾使"天子改容，险奸侧目"。再一位是明代尚书赵大佑，一身清正，秉公执法，曾因不惜得罪宰相严嵩而遭贬黜。最后一位即方岩书院的创建者谢铎，他就成长于方山脚下，曾苦读于方山"峭斗洞"，后官至礼部右侍郎兼国子监祭酒，是"茶陵诗派"重要一员，且对程派理学做出了贡献。

原来方山竟有如此丰富的人文蕴藏，不啻是方山之魂魄。正欣喜之间，看了一下表，哦，已过12点，山还没有上，下午还得回北京，这如何是好？小吕立即宽慰我：不要紧，留点悬念也好；下半年我们还要举办一次"石文化论坛"，还得请你来支持。那时一定让你实现上方山的夙愿。

时光荏苒，春去秋来。国庆前夕我约了作家丛维熙、赵瑜、韩小蕙、徐虹以及雕塑家盛杨等文友如约赴温岭市参加"石文化论坛"。会后我们一起去登方山。不料到了山脚下，维熙仰头一看，惊呼："哇，这么陡峭！可我有心脏病呀！"只见赵瑜马上走到他身边，安慰他说："不要紧，我也不上；我们俩就在下面喝喝茶，聊聊天，不也挺好？"我一下懵了：我视维熙如兄长，原想搀扶着他一起上山，慢悠悠地边走边聊,多么温馨的友情享受。我正犹豫要不要也留下陪他。这时维熙有点不安了,赶紧说:"老叶你别管我,上次你就没有上得了,这次不上太遗憾了!我这里有赵瑜足够了!"为了鼓励我上,他夫人钟紫光抢着说:"我和老叶一起上!"79岁的盛杨老也雄心勃勃:"我和我太太也跟你们上!"这时,耸立在方山顶上的那座巍巍古塔正向我们招手,于是我们向维熙和赵瑜道了声:"小别了,两位!"便向"空中花园"开拔了。

路是斜着往上蜿蜒伸展的,走起来并不觉得很陡。我们说说笑笑,走走停停,倒也不觉得很吃力。不巧的是,天公不作美,途中下起淅淅沥沥的雨来,大家没了谈兴,皱起眉头。不由想起了李健吾那篇《雨中登泰山》,仿佛为我们而写。多亏两位陪伴的青年朋友很快为我们借来了雨伞。大家互相提醒路滑,小心进行。约三刻钟后,终于与"空中花园"零距离接触了!迎接我们的第一个标志还是那座站立在悬崖边上的古塔,这时她就像黄山迎客松那样,欢笑着向我们走来。我们回敬她的方式是让她和我们一起合了个影。

方山之巅确实是个大平台,据说方圆700亩,花木扶疏,但并不密集。我们走过一座寺庙,又擦过一幢宾馆,不久,那个久盼的山顶湖便映现在我们面前。她不像我原先想象的那么大,但她在浓荫掩映下，显得宁静、端庄、妩媚，像是一位文静的美人，大方地任我们欣赏。听说她是一股涌泉的温床，刚才底下激赏过的百丈飞瀑即是出自她的神手。她也是附近建筑物里的生命之源。赶紧排好队吧，请这位高贵的美人跟我们合个影。这时一个兴奋的声音压住了相机："你们看，那边

作者与著名雕塑家盛杨一起登方山

还有一个湖呢！"一看果然是，仅约百步之遥。哦，相隔那么近！我惊喜万分。这一意外发现立刻激发了我的另一个想象：若把这"空中花园"比作一个美人的脸蛋，再从空中俯瞰，则这一对姐妹湖就成了这脸蛋上两只动人的眼睛，多么富有诗意！扣下快门后，大家赶紧往那个姐妹湖跑去。我们同样通过合影举行了一个简短的"见面礼"。这时天色已催促我们赶快往回走。但当我们路过刚刚相识的"姐姐"的时候，她的面容已完全被薄雾所笼罩——啊，方才她仅仅为了我们才片刻撩开她的面纱呢！

原始的野趣
——九寨沟散记

仙境飞瀑

九寨沟位于川西北的南坪县境内,风景区有600平方公里(现已开发供旅游的仅为一小部分),其中分布着3条水量充沛的山沟,沿沟有9个较大的藏族村寨,因而得名。这里海拔2000米至4700米,以雪峰、幽谷、碧溪、翠池、瀑布、彩林构成华美奇特的自然景观和原始古朴的神奇野趣。

如果说张家界以山取胜,九寨沟则以水称奇。奇就奇在它的多姿多彩,所谓多姿是指它的流动方式的千差万别。这方面它有"二滩三沟四瀑十八湖群"之称,这些湖群大小不一,共有100多个,它们均由"三沟"串连在一起,当地藏民称之为"海子"。这些"海子"彼此性格大相径庭:有的静如明镜,倒映出清晰的岸边树林和山峰,你若坐在它的身边,就会陷入无限的沉思和遐想;有的欢蹦狂跳,因而形成无数姿态各异的飞瀑。在有名的四大飞瀑中,最壮观的当推珍珠滩瀑布，宽达200米，因巨大的乱石纵横，飞瀑宛如不驯的野马，横冲直撞飞泻而下，惊心动魄。诺日朗瀑布则以落差大著称（20余米），其南段飞瀑分成无数水柱，恰似珠帘倒挂，堪称雅致。以水量集中、气势宏伟而论，则以树正瀑布为最。在它附近有40来个"海子"首尾相接，但落差较小，形成多级瀑布群，它们从树林中奔腾而出，又构成一番奇观，与此相伴的还有一座长长的栈桥，激流中更有一栋简易的木屋，这就是古老的水磨坊，它们在大自然的杰作之外，平添了一番人类社会古朴的文化景观。

九寨水的丰姿除千姿百态的瀑布外，还见之于一些浅滩，其中最精彩的要算珍珠滩和万景滩。前者位于日则景区，就在上述珍珠滩瀑布的上方，那是一方约200米宽的斜坡，因坡面岩石十分粗糙，激起无数水珠，晶莹璀璨、清脆有声，似玉佩相击，实为罕见。后者位于树正景区，顾名思义，这里集众多的山涧、水潭、瀑布、水中盆景之大成。其中"水中盆景"乃是一种十分美妙的景致，这里有，别处亦有，它往往在一宽阔的水面，突现一丛花木、一棵绿树或一蓬乱草；凭借一块裸石、一棵朽木而找到生机，可谓天造地设。

斑斓的水

早就听人说，九寨沟的水十分奇特：色彩斑斓。但我总是半信半疑。虽然看过画报里的图片，却以为那是摄影师玩弄的技巧。所以一到九寨沟，急于证实的，就是关于这里的水的颜色。——哦，一点不假！你看，只要水流缓慢的地方，就往往呈现出蔚蓝或翠绿的颜色，令我惊奇不已。这时有人说：这不值得你驻足，见到"五彩池""五花海"，那才让你叫绝呢！于是先睹为快，直奔五彩池。哦，眼睛不骗人，名副其实的五彩池！除方才提及的色彩外，还有金黄、橘红、深紫诸色。莫非水妖变的魔法？我的心情兴奋与好奇混杂，便缓步走近池边，以便看个究竟。原来池里的水质本身并无颜色，相反，它晶莹透澈，一尘不染。只是湖底植物与沉积物的不同颜色，才映出水面的这种奇观。在雀河南的五花海，这种景象还要丰富和多变。在湖心的墨绿中又呈现朵朵乳白与浅蓝的圆环，好似孔雀开屏，而在阳光的作用下，湖底更呈现出涟漪般的无数光晕的变幻。无怪乎五花海被当地居民视为九寨神池。试想，天下水池何止万千，哪一个水底没有沉积物？然而哪一个呈现过这般斑斓？即便是九寨百个"海子"中，有此特征者也不过这么三两个。若不是造化的着意惠顾，我等凡辈怎能获此目睹之幸？

原始的野趣

从诺日朗瀑布逆日则沟溯流而上，在奔腾的激流精彩表演的伴送下，一边和游伴们聊着天，个把小时就到了。这里叫"藏马龙"，只见浓密挺拔的古树参天，万籁俱寂，偶尔有一两声鸟的啭鸣或虫的啾啾。都说这里不仅有罕见的树种，如冰川时期的孑遗植物三尖杉、叶上珠、箭竹等，更有栖息在其中的名贵的飞禽走兽，如金丝猴、毛冠鹿、白唇鹿、苏门羚、扭角羚、金猫、熊猫等。我多么想一睹它们的风采，看看这些人类的贵友的自然生态。但我在这里转悠了一个多钟头，却连它们的影儿也没有看见！啊，这些地球的弱小公民，它被人类——这个地球的霸王——追捕、猎杀了多少个世纪以后，今天虽然在这一小块净土获得了"治外法权"，却依然不相信这些"万物的灵长"对它所许下的诺言，宁愿退避三舍，敬而远之。哦，我的同类啊，好好赎罪吧！

3天的逗留还只是游览了已经开发的游览区的一部分，即树正和日则这两个景点较密集的景区，其他有名景点如长达15华里的"长海"和高达百余公尺的"悬泉"都尚未见到。此外，不同季节有不同的时景，如5月的杜鹃花，10月的霜叶和红果把九寨沟点缀得分外妖娆。笔者是盛夏8月份去的，这个月的特殊魅力是凉爽：平均气温为摄氏17度。无怪乎动身去九寨沟的前夕,听一位作家这样叙述:到了九寨沟就像到了另一个世界,一切都感到异样、新鲜,原来心中积郁的一切烦恼统统烟消云散,生命重新在这里陶冶、净化……是的,在我们的地球到处被破坏得不成样子的情况下,造化却为我们精心保留着这样一个人间仙境,让我们有机会来到这大自然的怀抱认一认亲,使我们不至于因受了"现代文明"的引诱而很快从大自然中异化了出去——人类应该永远是大自然的一部分啊。

终上太阳岛

"我的家在东北松花江上/那里有森林煤矿/还有那大豆和高粱……"这凄婉、悲愤，充溢着家乡情、民族恨的歌声，半个多世纪前就深深埋藏在我幼小的心田里。我是个歌咏爱好者，每当我哼起、唱起这首歌的时候，眼睛里都挂着泪花。从那时以来，松花江两岸那黑色的沃土，松花江畔那座标志着富饶与宏伟的城市就成为我久慕一睹的地方。后来，一首叫《太阳岛上》的歌曲顺着改革开放的春风迅速传遍大江南北，它那如诗如画的意境和婉转飘逸的旋律，通过郑绪岚的甜美歌喉，更把我的心俘获了！哦，太阳岛，你不啻是松花江的灵魂，"天鹅项下珍珠"的珍珠！年逾不惑的我，对美的兴趣与感受能力比现在要强烈得多，当时正好有一个出差东北的机会，哈市是最后一站。不料正当我和我的同事们准备向哈市进发的时候，突然接到单位的急电，命令我们返回。原来哈市的一家杂志"出了问题"。仿佛是造化的有意捉弄：20余年来，国内外的名城胜景走得可不算少，却偏偏与哈尔滨无缘！直到两年前的冬末，也就是说，在我跨入老年界限的时候，才终于如愿以偿！然而，那只是"浅尝辄止"：由于时间的限制，只来得及安排一场冰雕观赏，而不得不与太阳岛擦肩而过！

不过时运只不过逗弄了我一下：2005年新年伊始，我和作协与《人民文学》的一些同伴们应好客的哈尔滨文友们之邀又来到哈尔滨，并且刚放下行李便径直上了太阳岛，好像专为我补课似的。迎接我们的首先是一座座巨大的雪雕。它们一律以纯粹的白雪为材料，形态各异，造型讲究，且多以人物和动物的形象为特征，被塑造得栩栩如生。小时候，也曾对漫天皆白的下雪天欢天喜地，并兴致勃勃地玩过雪球，堆过雪柱、雪塔之类，且在这些形体上捏个鼻子，抠只眼睛什么的，试图让它们成为诸如笑面菩萨一类的形象。无奈南方的雪天从来都好景不长，没等你把五官弄全它就开始融化了！想玩出个什么雪雕（尽管只是十分稚拙的）来，永远是个幻想！如今你看啊：这里塑造出了尽情嬉闹的幼童娃娃，那边竖立着生机勃勃的飞禽走兽，稍远点则是高大雪山上的民俗风情……每件作品均被赋予昂扬的生命律动和健康的娱乐意趣。显然它们的诞生都经过了认真的设计和艺术构思，只不知道它们的作者是谁？莫非这些无名英雄宁愿让自己的智慧和汗水同他们的作品在即将到来的春风的抚摸下一起化为乌有？

这一件件令人赏心悦目的雕件，耸立在太阳岛的入口处，形成一座特殊的雕塑公园，以热情的笑脸和优美的姿态迎接着冒寒而来的客人们。在无情的冬天以严寒禁止了大地的蓬勃生机的时候，它们及时地以冰冷的身躯让太阳岛重新焕发出暖意，使太阳岛成为祖国"北极"的"生命特区"。而当春回大地的时候，它们又将默不作声地悄然隐去，自觉地把地盘让给新的主人。啊，这些无名氏的作品，它们纯粹的躯体与它们圣洁的灵魂一样，不掺杂任何沙尘，冬天它们从"乌有"中来，春天又回"乌有"中去，一年一个来回，每个来回都留下了"大美"的信息，这就是它们从无到无的价值。难怪那些可敬的城市美容师，都没有在他们的这些作品上刻下自己的大名，为的大概就是好让他们的精神产儿在回到乌有时，不带任何杂质地到达无声无阒的境界吧。

哈尔滨冬天的美学特产还不只是雪雕公园，与雪雕公园互为辉映的还有驰名中外的"冰雕世界"（当地叫"冰雪大世界"）。她们一个在白天，一个在夜晚，交替着让这个"东方小巴黎"24小时都沐浴在美轮美奂之中。如果说，雪雕公园是为"太阳"增辉，那么这冰雕世界就是为月光添彩了！只见一座座巍峨的世界著名建筑，不管是古典的，还是现代的；皇宫，还是教堂，造型那么到位，尺度那么讲究，完全是仿真的杰作，一看便能叫出它们的名字——罗浮宫、巴黎圣母院、帝国大厦……这些人类建筑奇迹的真身，无论白天和晚上，大多我都亲眼目睹过，那从窗子里喷射出的灯火，屋顶上放射出的光芒，辉煌也堪称辉煌，壮观也实在壮观，但哪里比得上眼前那从冰层内透射出的、被赋予了艺术匠心的流光溢彩的绚丽非凡！它们一下子就催开你的心花，让你不由地发出由衷的惊叹。如果人类历史上真有过什么"七大奇观"的话，我想，把眼前的景象增补为八大、九大奇观毫不为过！这是哈尔滨人为祖国的景观艺术创造的一个世界之最，也为人类文化宝库贡献了一颗崭新的明珠。

哈尔滨不仅拥有市郊的这个冰雕世界，市内还有一个"冰灯公园"（即兆麟公园），如果说前者以宏大壮观见长，那么后者就是以精致灿烂著称了。在风格上，前者突出国际性，后者则侧重民族性。这样的分工自然是必要的，而且是合理的。冰灯公园就置身于市民之中，更便于市民参观、游览，人们可以扶老携幼地走进这童话般的火树银花世界，尽情观赏，细察，甚至触摸，随时进行品评，可以更长时间地在这里流连忘返。初来的人别忘了在这里留个影，这样的梦中仙境他乡难觅啊。体格健朗的不妨爬一爬冰梯，登上金碧辉煌的宫殿，在欢声笑语中，你会不由迸出"高处不胜寒"的诗句……

其实，哈尔滨的冰雕何止见之于这一两个园，从广义讲，整个哈尔滨就是一座冰雕城！当你穿过大街小巷，随时都会有点缀性的冰雕扑面而来，它们不是成排的柱廊，就是典雅的小品，或是浪漫的雕饰。若从高空俯瞰，它们如繁星点点，像天女散花似的，使黑龙江这座省城处处银光闪烁，犹如镶嵌在城市外袍上的钻石。冰雕已与整个城市景观融为一体，因而与广大市民朝夕相处。作为视觉艺术，冰雕的产生，固然出之于少数专家和部分市民之手，但由于它的一贯性（据说已有45年之久）和普遍性，实际上已成了全体哈尔滨人民精神行为的产物。它们的存在，既优化着哈尔滨人的生存环境，也塑造着哈尔滨人的情操。这样规模的精神与物质的互动现象，不仅在全国独一无二，在世界也是绝无仅有的。因此，今日"东方小巴黎"的艺术文化含量已与过去不可同日而语了，昔日"冰城"的名号因而也不再贴切了。

哈尔滨人向来钟情艺术，尤其爱好建筑。哈尔滨市历来就是一座以建筑风格的多样性与国际性闻名的城市，所谓"东方莫斯科""小巴黎"的美名即由此而来。君不见哈尔滨人无不为该城建筑的异国情调而欣慰,并为他们拥有那座俄式的索菲亚教堂而自豪,更为"文革"中失去的尼古拉教堂而痛心,以致在有的商场里也要摆一座它的模型,让游人一睹其风采——哪怕只是画饼充饥!这种爱好的长期积淀孕育出哈尔滨人丰富的建筑智慧。如今这种智慧派生出一个崭新的建筑品种,一种抽掉功能而独具审美价值的艺术门类。试想,把一方方滑溜溜的巨大冰块砌成几十米的高墙、梁柱,铺出偌大的楼层和屋顶,还得讲究整齐和尺度,这需要多大的毅力和巧技!我们爬上爬下,尽管小心,还难免滑倒呢。令我尤为激赏的是,2003年初我曾来过这里,两年的时间差让我有了比较的可能,比起上回看到的,现今的景观无论在建筑规模上、规划设计上,还是施工难度上都明显更上了一层楼!啊,这些神奇的冰雕手们,他们明明知道,过不了多久,由他们的心血凝成的这些庞然大物将荡然无存,但他们却并不因此而懈怠,用些重复作业来应付。相反,他们不满足于昔日的辉煌,而执著于精益求精;年复一年,年年挑战新难度,探索新思路,推出新版本,让"回头客"也发出新的惊叹,从而扫除了那种习惯于重复作业的匠人习性,而表现了追求创造的艺术家本色。

《太阳岛上》这首歌是著名作曲家王立平当年为电视片

《哈尔滨的夏天》而谱写的。我不知道该片创作的初衷，可能是因为这座"冰城"的冬天实在太冷吧，所以特别珍惜她的夏天。是的，哈尔滨的夏天是美的，她的美还因太阳岛而增色不少；正在规划、建设中的太阳岛，其明天的前景更是不可估量。她无疑是哈尔滨的一块标志性品牌。同时令我们欣喜的是，哈尔滨的冬天也在斗转星移，如上所述，哈尔滨的冰雕已成为人造景观中举世无双的奇葩，成了"冬天里的一把火"，这把"火"使"冰城"的冬天变得热气腾腾，堪与夏天的太阳岛相媲美，成为哈尔滨的另一块标志性品牌。因此我想，王立平先生还应当为"哈尔滨的冬天"也写一首歌，作为《太阳岛上》的姊妹篇，让千百万人的心，随着你的歌声，夏天飞往太阳岛，冬天飞往冰雕城，那么哈尔滨市的"第一荣誉市民"就非你莫属了。

辑二

故乡遗梦

逃 难

那是一个永远忘不了的日子——1942年阴历四月十四日的下午,我牵着自家的一头水牛在村口放牧,这时出现了一种奇观:不知从哪里一下子冒出来络绎不绝的男女老幼,挑的挑,背的背;本村的,外村的,连成望不到头的"长蛇阵",急匆匆地往山区的方向鱼贯流动。同时一架日寇飞机呜呜呜地不停在低空盘旋。晚上,妈妈坐不住了,她催促爸爸:"我们也赶紧逃吧!"但父亲却若无其事地回答:"慌什么,等龙游(与衢县相邻的县,离我们村更近些)大炮响再逃也不迟!"这个不懂兵法,更不知政府葫芦里卖什么药的农民天真地以为,衢州乃军事重镇,历代为兵家必争之地,日本人要占领衢州,哪能不经过龙游这个铁路线上的前哨阵地,而我们的军队也不可能一枪都不放吧!第二天上午,妈妈见村里冷冷清清,更觉紧张,就再次催爸爸赶紧决定。父亲把"龙游大炮响"的信念又重复了一遍。是的,父亲因身患肺痨,常常做点流动生意,在庄稼人中也算得是个交游广阔、消息灵通的人,难道这回他会消息失灵?

午饭后不久,天下着毛毛雨。突然,只见68岁的爷爷身穿蓑衣,手握一把耙子慌慌张张地跑回家来,连连说:"不好了,不好了,败兵到了!黑压压的,多极了……"他以为是我们自己的军队败下阵来了。那时在老百姓的心目中,败兵是纪律特别不好的,乱抓乱抢。于是全家人赶紧把门关严。祖母坐在大门旁边眼睛盯着门缝"放哨";15岁的哥哥和13岁的姐姐跑到叔父的楼上从窗口向外观察动静;妈妈领着我,抱着三岁的弟弟以及叔父一家三口爬到我们家的楼上,然后将扶梯抽掉,用一块门板把梯口盖上。父亲仍以当家人的责任心和沉着跟爷爷、奶奶守着底下三个家。

不一会儿,只听得由远而近的整齐而响亮的行军声。祖母从门缝里看见走来的士兵穿着高高的长筒靴,服装整齐而讲究,觉得不好了,哪里是"败兵",分明就是日本人!她连忙抓来椅子、凳子想把大门加固。说时迟,那时快,敌人已经逼近大门,先是用脚踢,接着几个人抬起一块大石头,猛烈地进行撞击,大门"哗啦"一声被撞开了!接着就听见鸡呀,猪呀啼叫声响成一片。但不一会儿它们也都沉静了,原来都被鬼子们麻利地剥下毛,下锅了!香味透过楼板的条条缝隙阵阵袭来,我则以好奇的目光透过那些缝隙往下窥探，清楚看见一个宽肩阔背的大个子光着膀子猫着腰在烧火。但大人们却没有这个心情，他们惊恐万状，唯恐鬼子发现那个楼梯口，加上我那三岁的弟弟当时不知着了什么魔，发疯似的哭个不停。妈妈尤其担心哥哥、姐姐、爸爸、爷爷、奶奶的处境。忽然外边传来一声凄厉的惨叫，大家不禁为之一怔。后来知道，那是外村一个卖盐的货郎被日本兵捉住，割掉耳朵后被吊在柴垛上，活活烧死……

约两个钟头后，随着几声尖锐的哨子声，鬼子们连忙往屋外跑；他们赶去集合，要继续开拔了。大人们长长地松了一口气，大家统统从楼上下来。哥哥姐姐也脱险了，他俩那时躲在一个谷仓里。但爸爸和爷爷不见了！妈妈急得死去活来，也顾不得我的安危，叫我满村子去找，可哪里也不见他俩的踪影。于是我绝望中怀着一线希望，在家屋附近的"荷花塘"旁，倚着宗祠堂前那一对"石马"（实际上只剩下了半身高的底座）——小时候不知多少次骑过的石马——渴望能在正在开拔的鬼子队伍中发现爸爸、爷爷的身影，我痴痴地等啊，等啊，一直看着鬼子兵步伐整齐地走完，天色也昏暗了，却始终没有看见这父子俩的影子。回到家里，妈妈又抽抽噎噎泣不成声。我又怀着侥幸的心理跑到对过一个名叫老三古的家里，只见本村两个财主，一边不停地嗦嗦发抖，一边急切地问我日本兵走了没有,那样子既可怜又可笑。老三古家境很穷,但却是全村唯一信天主教的,这两个地主不知从哪一点上考虑,觉得那里比较安全。

第二天天还没亮,一家人便开始了逃难的生活。哥哥挑着担子,姐姐背着一个大包裹,我也背着一大包番薯干,还有叔父一家三口。天公偏偏不作美,不停地下着毛毛雨,道路成了烂泥潭。最可怜的还是妈妈,她一手抱着弟弟,一手提着一包衣物,一把鼻涕一把泪,两只"金莲"深一脚,浅一脚;鞋子陷在泥潭里了,也顾不上去找回它,附近有敌人的岗哨呢,还不时射来探照灯。不久,她的袜子也脱落了,真不知进深山前的那十里地她是怎么走过来的!进山后,终于得到一种安全感,妈妈找出一双新鞋穿上。不料哥哥因担子过重,脚扭了,哇哇直哭。妈妈又急得死去活来。她埋怨婶婶不该把那么多东西加在我哥哥的担子上,他还未成年呀!婶婶则进行辩解,妯娌间一时争得脸红脖子粗。我和姐姐,主要是叔叔,不得不给哥哥分担一些重量。于是继续沿着树林和竹林里的崎岖小路,歇歇停停,直到傍晚才好不容易地到达目的地——一个叫"大岗头"的深山里的山庄,一般人若从平地直接到这里也要爬大半天的坡路。

整个山庄只一户人家,但是一个十几口人的大家庭,劳动力很多，除了种庄稼外，还经营一个以毛竹为原料的草纸作坊。主人是我家亲戚的亲戚，我们都叫主人为姑夫、姑母。他们有多少个儿女我记不清了，只知他们有五个身强力壮的儿子。主人夫妇俩友好地接待了所有逃难的亲友，为此停止了自己的草纸生产。我们就住在一间狭长的"焙龙"里，空间很充裕。当晚妈妈又啜泣起来，她十分担忧爸爸、爷爷俩的安危，特别担心爸爸那长年咳血的毛病——他是干不得重活的啊。

有几个逃难的"叔叔"也很喜欢我，我经常在他们面前玩弄那枚家里的银元，投在桌面上发出咣当咣当的响声。一天，他们不见了。次日上午忽听得通向山庄的路上"砰，砰"几声枪响，人们四散乱逃。只见那几个"叔叔"荷枪实弹冲上山来，首当其冲的是我们家的住处，他们径直破门而入，翻包搜箩，最后只找到一块银元，就是我平时拿出去玩的那一块。匪徒们悻悻地扫兴而去。这场突然袭击显然是由于我那块银元引来的：连小孩玩的都是银元，则这户人家拥有的银元该是用箩装了吧？殊不知那是我们家唯一的一枚银元。母亲觉得有人暗算，悲愤至极。但她的情绪很快得到补偿，第二天下午，父亲突然出现在我们面前！原来他被抓后，日寇令他放马。第三天他趁日寇不备冒死逃了出来。妈妈惊喜万分，反而哭了一场。但爷爷却没有回来。谁想到祸不单行，当天下午传来噩耗：我那双目失明的外婆，在逃跑途中，在日寇逼近的时候，家人不得不把她撇在一条山路旁，只用一件蓑衣盖在她身上，结果被鬼子连打九枪，惨死在一个山坡的小道旁。妈妈悲痛欲绝，她从此积郁成疾。1943年夏天，全家又逃过一次难。同年冬天，母亲不得不撇下四个未成年的儿女和有病的丈夫，离开人世，去陪伴她悲惨的瞎子母亲了！她年仅37岁。

爷爷一直被押着服苦役，达一个多月之久，直到上饶，因生了病，不能劳动了，鬼子才把他扔了！他拖着发高烧的病体，跋涉几百里，千辛万苦走回家来；一路上都是洪水，还夹带着人畜的尸体。爷爷每提及那段遭遇时，就止不住泪水。鬼子每次要他干活（担水、烧饭等），都是用巴掌下命令的，而这样的命令一天不知有多少次！这就是亡国奴的生活。由于回途中人畜尸体到处都在腐烂，雨水之脏可以想象，爷爷回家后因此长了一身疥疮，几年难愈；痛痒难忍时，他常常叫唤起来："老天爷，我宁愿死啊！"

四十年的轮回

平生遭遇的最大一次命运袭击，是被愚昧夺去了一条胳膊。

悲剧发生在1945年。此前两年前即1943年，母亲在37周岁时提前离开了人世，撒下四个子女。从此14岁的姐姐担负起全部家务，她的主要治家方略是拼命地养猪。猪圈里关着五六头大小不等的猪，饥饿时只顾嗷嗷地叫。于是我成了姐姐手下一员猪饲料的供应者，每天一回家就撂下书包，赶紧往田地里去打猪草。那一年教我们初三的老师是一个有点吊儿郎当的小地主，他上课三天打鱼两天晒网。阴历四月十五那天他又迟迟未到校，我赶紧利用这个机会去田畈打猪草，有三个邻家的小同学争着要跟我一起去，于是我的一篮子猪草的任务很快就完成了，接着大家一致主张去附近的凉亭里玩。

一进凉亭，首先进入眼帘的是六七根木杠子靠在墙上一字排开，那是本村一个大户人家的长工们挑厩肥用的家伙，其主人都在田里干活。在我们这四个十来岁的小朋友讨论玩什么的时候，这一排杠子激发了我的灵感，于是我建议：我们用这些杠子学一学骑"独龙杠"①吧！他们都说没有骑过。我说学呀！谁先骑呢？有人说：既然你想学，那就你先试嘛！于是我先试了。为了掌握平衡，我试着把两手搭在前抬者的两肩上。但他说："这样太重了，你往后退一些吧！"不料，正当我抽回两手往后退的时候，他就抬起来了！我立刻跌了下来！等我爬起来时，发现臂部正面中间出现一粒豌豆大的往外翻的肌肉，但没有鲜血，只有一点点很淡的血水。我马上意识到这是被断裂的骨头刺戳的结果。发现手臂的下半部有点往下耷拉，我马上使它复位，与上半部保持平直。奇怪，在我这样摆弄它的时候，并不感觉特别疼痛。我当时只是害怕，首先担心的是父亲这一关怎么过？于是低声哭了起来。其他孩子都傻在那里，手足无措。后来我发现，把手臂受伤的部位摆正，并把它平放在头顶上，可以好受一些。于是我就这样单独走回家，约两里路，一路上伴随着呜咽。

不巧，父亲那几天正出门去了邻县兰溪，无由联系。村里不但没有医务所，连一个正儿八经的郎中也没有！亲戚街坊们七嘴八舌拿不出主意。后来隔壁的一个有钱人家，他自

---

① 浙西一带的风俗：天旱年份，几十个农民脚打绑腿，肩扛长缨枪，前头让一个道士骑在一条杠子上，吹着号角，雄赳赳地向深山里一个溶洞进发。相传那洞里藏有龙，只要从那卧龙的暗河里舀上一杯水，龙就会追出洞来，腾上天空，兴风播雨。道士骑的那根杠子就叫"独龙杠"。

以为懂得医术，且他的一个儿子跟我既同庚又同窗，我也经常出入他家。他得知我受伤后，就自告奋勇要来"试试"。可惜他实在不懂得外科手术：他用了两块新剥下来的杉树皮夹住手臂，然后用绑带咬着牙把手臂绑扎得紧而又紧。这就犯医学大忌了：这样做阻止了血液的流通，只需半小时，细胞就会坏死，从而一发不可收拾！绑扎后，临时负起家长责任的大姑妈一再告诫我："孩子，犯了错，就得乖些，千万忍着，不要喊痛！"于是我忍着，再忍着，最后就失去知觉了！

第二天早晨，大家一看吓坏了：整只手臂发了紫，而且长出了许多枣子那么大的紫泡！亲友街坊们七嘴八舌，一筹莫展，只得发挥幻想寻求渺茫的希望。有的说：这孩子曾经在门前的老樟树上撒过尿，得罪那里的土地神了；有的说：这孩子过年时没有去前庙拜过佛，佛爷不高兴了……大伙于是赶紧准备香、纸、酒、鸡之类的去那些地方跪拜，替我忏悔，请求宽恕。下午，邻近的贫苦农妇凤英大娘来家一看，急了："这孩子的手臂治错了，赶紧解开！"旁人说：他父亲不在家，万一出了事，谁负责？她斩钉截铁地说："我负责！"于是大家半信半疑地把绑带解开了。这时，有人建言：小孩的新鲜尿可以使昏迷者苏醒。于是赶紧让我弟弟尿了大半杯子尿。说来也怪，喝到一半，我果然醒了，因为我闻出味道不对，不愿喝了。这时大家如释重负，而且更有信心动员我继续喝完："孩子，这是茶，喝完就好。"我反驳道："我闻出来了，这不是茶，是尿！"这时我发现，有几个人扭过头去噗嗤一笑。但最有权威的大姑妈仍站在我的身旁，严肃地说："孩子，大家都为你好，哪能骗你，让你喝尿？"我一想，大家确实都为我好，而且这尿也的确让我醒过来了。为了让大家宽慰，我把心一横，闭上眼睛，咕嘟咕嘟一口气把它喝完了！这时大家都松了一口气，连连赞曰："这孩子真乖，真懂事！"

三天以后，手臂的外皮变得又紫又黑又硬，但里面的肌肉已开始腐烂，并从伤口流出了脓液。一周后大量的脓液从肘部冲开了突破口，从那里涌了出来。从此大群的苍蝇围绕着我飞舞。又过了两天，祖父想把这只受伤的手臂擦洗一下，当他无意中将手臂竖起来，想不到一大股脓液从肘部哗哗地倒了出来，在地上漫了一大摊！至此，手臂里的肌肉全烂空了，只是外皮依然又黑又硬，始终不烂，至今不得其解。

第13天，父亲终于回来了！他在震惊之余经历了一天的狂怒和痛苦以后，终于在第14天做出决定：第二天送我去县城医院医治。三位小玩伴中的两位家长——其中一位是我的叔父——表示愿意抬我走。不料半路杀出个程咬金：我的那位老师终于想起看我来了！当他听说要送我去医院时，竭力阻止："医院可不能去呀!动不动就动锯子！你看某某的儿子为什么只有两个指头？就是被锯掉的！"父亲一听大惊失色：自古至今哪听说过医疗中要动锯子的事？但他还是觉得，既然儿子的伤势到了这个地步，总得花一笔钱，做最后一次挽救的努力，便决定还是要出门去求医。但既然西医不可取，那还是找中医吧。他当场与老师、叔父和祖父合计了一下，决定去80里外一个叫缸窑（音）的地方，那里有一个很有名的郎中。这种有名的中医，在农民的心目中似乎总有某种出奇制胜的"神通"，甚至具有"起死回生"的法术，所以他们对之信任度往往超过西医。

老师走了以后，祖父照例给我换药。谁料，当他打开包扎后，发现我的那只手臂落在了他的手上。他发呆了半天，忽然呜呜地哭了起来！哥哥和姐姐跑来一看，惊骇之余也跟着哭起来。父亲没有哭，表现了一个家长的威严与镇定。但我知道，他心里比谁都痛苦。祖父问他明天缸窑还要去吗？他只回了一个字："去！"接着父亲临时找了一张竹制的躺椅，绑上两根长长的竹杠，当夜做成了一顶土轿子。

第二天凌晨鸡叫时分，姐姐已做好了早饭。一会儿两个抬轿人——叔父和那位姓郑的同学的大哥都到齐了，父亲每天早晨的"必修课"——剧烈咳嗽（他已患了多年的肺结核）也做完了。大家匆匆吃完了早饭，在轿子上挂上长长的两竹筒子茶水和一大包饭菜。父亲则把已经包好的我那只掉下来残臂放进布袋子里，随身带着，然后大家就启程了！这是一趟向南的长途跋涉，须通过县城，但没有任何现代交通工具可以利用。父亲因病只能在后头空手跟着。

近午，轿子通过了北城门，这意味着我们已经走了45里地。过了钟楼，叔父头往右一扭，说："这就是县医院！"父亲一愣，并且脚步也停住了！但轿子只顾继续前行，不久父亲只得快步跟了上来。在他止步的那一刻，我想他头脑中肯定发生了激烈的矛盾冲突。他至少会想到：如果昨天晚上那位老师没有来，那么现在已经到达目的地了！是的，这位老师对我这次遭遇来说可是个灾星：如果那天他不是无故旷课，我就不会结伴到田野上去骑"独龙杠"；如果他昨天晚上不反对去医院，那么我的伤口最多一个礼拜即可痊愈，从而减少9个月的痛苦！

东西向的浙赣铁路通过衢州县城。过火车站时我看到一个火车头歪斜着被废弃在一条铁轨上，大家说这肯定是被日本人炸毁的。我第一次看到这么庞大而复杂的机器，感到很好奇。但不知为什么，手臂受伤15天来我几乎没有感觉过受不了的剧痛,这时却发生了!我尤其受不了轿子的抖动,拼命喊叫:"你们不要再抬了,不要再抬了!"大人们安慰说:"缸窑很快就到了,那郎中可神着哩,不但能把手臂接上,那药一敷上就不痛。"我说:"我到不了缸窑呀,你们就在这里把我埋了吧,这样倒好受些。"父亲这时暴怒了:"这是什么话!你要死为什么不赶早死在家里呀?你给我闯了多大的祸你知道吗?大家那么热的天气把你抬到这里容易吗?"我不禁呜呜哭起来。这时叔父为了缓和气氛,劝慰说:"这里太阳太毒了,前面有树荫,到那里一定放你下来!"大伙坚持到那棵树下,轿子终于停了下来。我发现那位姓郑的大哥时不时把目光投向饭包,我忍着痛楚说:"现在好些了,你们赶紧吃饭吧。"叔父得胜似的说:"是吧?我刚才说了,你那痛是太阳晒的,到树荫下就会好的!"我苦笑了一下。他们叫我一起吃,我哪有食欲,只好说饱得很。叔父和郑大哥狼吞虎咽,很快就吃完了,父亲只勉强吃了几口。一向乐呵呵的郑大哥见气氛压抑,便建议继续开拔。约熬了两个半小时后,剧痛终于开始缓解了,肚子也感觉饿了。于是大家又在一棵树底下停下来让我吃饭,他们则借此机会举起竹筒子"咕嘟咕嘟"猛喝茶水。

　　太阳下山不久,我们终于到达目的地。这是一个不算小的山村。郎中的家果然气派不凡：不仅宽敞而亮堂，而且很新。郎中先生约莫五十七八岁，个儿中等，偏宽，肤色红润，他对于我们这种不速之客显然已很习惯。我父亲取出那只残臂递给他看的时候，他不禁倒退了两步，接着当听到我父亲要求把这条手臂重新接上时，他更是来了个360度的急转身："接上？都到这个地步了还接上？"我父亲恳求："先生，你一定要行行好，不瞒你说，我有吐血的毛病，将来全靠几个儿子来撑这个家……"郎中先生立即打断他的话："我当然愿意行好！你如果当天或第二天抬来是可以的，如今都半个月过去了！都烂成这个样子了，都变成两截了！再接上——谁有这个本事？"父亲一时无言以对。郎中接着发火了："而且你一开始就治错了！这种折胳膊断腿的事我治多了，数以百计！但是没有一个治成这样的！小孩的骨质长性好，你不治它，也不至于这样，大不了走点形就是了！"父亲百般说好话："先生，请千万原谅，都是我不在家出的祸！出事那天我远在兰溪，不然的话连夜会来求你的。你的名声谁不知道？都说来一个，好一个；来一个，活一个。先生，你千万行行好！这个孩子是三个孩子中我最看好的一个！先生，你要多少钱我都给！我带来了足够的现钱。"他举了举那个布袋子，"我家里还有四五头猪，哦，还有一头牛！"父亲见郎中不动声色，又接着说，"再不行，我还有12亩田、三间房屋，都可以卖！"郎中仍把头扭向一边，不说话。这时父亲拿出最后一招——他一把拽过来我叔父："先生，你看，我把我弟弟也叫来了！他家境比我好，到时候，他还会支援我呢！是吧，德源（叔父名）？"叔父点了点头，并且补充说："先生，你放心，只要能把孩子的手重新接上，我们所有的亲戚朋友都会共同出力的！"这时郎中有点激动了，也可以说，有点听烦了！他转过身来扯大嗓门说："哎呀，你就是把全国银行都给我又能管什么用？不是这个问题嘛！你们怎么还没有听明白，这孩子的手一开始就治坏了！你想想看：肌肉都已经烂空了，外皮已经死了，血管、经络统统没有了！现在别说是我，就是神仙也不能重新把这只手臂再接上去了！不信，我给你出路费，你去杭州、上海、南京，谁能再接上去，一切费用我全包！说实话，这样一个像样的孩子，谁愿意看见他只有一条胳膊活在世上！"父亲听说就背过身去，身子颤动着，只顾抹眼泪。

　　大人们的浑身解数都使尽了，再也没有什么话想说的了。郎中先生这时情绪放松了，态度变和蔼了。他吩咐佣人安排我们吃完饭，才打开我的伤口看了看，没有使用现在的消毒程序，就敷上他主张用的药物———一种黄褐色的粉末。

然后递给我父亲一张药方，叫他回去后照这份药方买药。当晚父亲跟他结清所有的账目，道了别，然后我们四人就赶紧在一个房间的地铺上睡觉了。

第二天一大早，我们在这家佣人的张罗下匆匆吃了早饭，并请她给我们灌满两竹筒子开水，就起身打道回府了。一路上，父亲像打了一场败仗似的情绪低落，几乎没有说一句话。在路过县医院的时候，他连看也没有看一眼就过去了。

毕竟是名医开的药方，当地镇上还买不到呢，必须去较远的大镇上去买。尽管这名医的药不断地敷，不断地买，我的伤口照例不停地往上蔓延。一个多月后，肘以上的那根膀部的骨头开始裸露出来了！到8月份，外露的骨头达一寸半左右！臭味随处弥漫，婶婶每次从我身边走过，都要用手在鼻子底下挥几下，并加上一句"真臭！"。有一次被叔父听到了，他当场责备婶婶："你不能不说那句话吗？"但这对苍蝇这类小生命来说，却是莫大的盛宴。它们成天在我面前嗡嗡嘤嘤，像是欢歌笑舞，使我每天不得不花不少精力来对付它们。这根裸露的骨头使我担了很大的风险，其中较大的有两次：一次与我弟弟睡同一张床，他睡另一头，睡梦中他两脚乱蹬，终于踢到了那根骨头。我被一阵剧痛惊醒，意识到伤处被踢了，赶紧用手捂住。第二天起来，全身像个血人似的，把家里的大人们吓了一大跳！他们全都对我发火："你是死人吗，不会喊我们？你不知道血流完了人会死的吗？"另一次在路边，被一个挑柴火的背的柴捆刮了一下，当即鲜血直流，我赶紧跑回家，人们七手八脚从堂上抓了一把香灰敷上。倒也奇怪，血止住了！真是天无绝人之路。

我以为这根骨头要陪伴我终生了。想不到过了6个多月，它在伤口处开始动摇了！一个多月后，它终于自行掉了下来！创口也不再继续往上蔓延了，但仍迟迟不能收口，只见鲜红的肌肉总是往外翻着。到了第二年的正月，也就是摔伤9个多月之后，家人听到一个消息，说附近镇上有一个打铁的几年前打到一根雷管，一只手被炸了，他在医院锯掉了手，带回的一瓶药水还没有用完。我周围那些顽固地不信西医的农人，他们在迷信中医9个多月而未果的情况下，终于对西医产生了一点点好奇，并寄予一线希望，说要把那药水借来试试看。我至今还记得非常清楚：那药水就盛在一个蓝墨水瓶里，约半瓶左右，其中浸着一片指头宽的纱布。家人就用这片纱布每天把我的伤口涂一遍，想不到第三天伤口就开始结疤了！长达9个半月之久的马拉松溃烂终于宣告结束！其实问题的症结根本就是消毒问题，那半瓶顷刻间被周围人们看作"神水"的药水，不过是一点普通的酒精而已！但认识这么一点微小的真理，却付出了那么大的代价！

然而这半墨水瓶的药水尽管显示出了灵丹妙药之效，可它比起缸窑那位"神医"开的累计几公斤的药面来，毕竟还是太微不足道了：它显然浸透不了那一大堆的药面——至少我哥哥就没有从这半瓶西药水中得到应有的启悟，以致在40年后，类似于他弟弟的悲剧又在自己身上重现了。

那是1985年，哥哥有一天感到左眼肿痛，急需求医。那时乡间的医疗条件比起40年前我遭难的那个时候强多了：村里不仅有"赤脚医生"办的诊疗所，8里以外的大镇上还有条件相当不错的现代医院。但他舍近将远，偏要投奔35里以外深山里的一个跟"神"有联系的郎中。那位"神医"一看，说你的钱远远不够，凑足了再来吧！我嫂子赶紧返回家来，马上把猪圈里的两头猪杀了，卖了，又凑起300元钱，赶紧赶回去。"神医"说，晚了！赶紧去市医院吧！哥哥向我发电报告急。我只得给在当地市公安局里工作的一个亲戚求助，请他尽快弄辆车把我哥哥送市医院抢救。但市医生一看，大为惊愕："你怎么到今天才来看呀？晚了，这只眼必须挖掉！"我哥哥死活不肯。医生说："你若舍不得牺牲这只眼睛，另一只也会很快保不住，最后连命都要赔上！"哥哥呜呜大哭……

后来当我看见失去左眼后的哥哥时，不仅感慨唏嘘，流着眼泪责备他说："40年前在你弟弟身上发生的事情，全家付出那么大的代价，你怎么一点经验教训都没有取得？父亲轻易地就听信了那个混混小学老师的胡话，舍近求远，结果从远处求来的方子9个月治不好你弟弟的伤口，却被来自更近的半瓶用剩的药水三天就解决了！难道你没有从这个简单的对比中发现点什么吗？"哥哥叹了口气说："咳，只怪我们种地的没有文化，不会动脑筋啊！"

决断时刻

1949年1月，春节还没有来临，但我从峡口（现峡川）中心小学毕业了！同学们熙熙攘攘，替学校互相向家长送毕业证书，一种约两尺长、一尺半宽的挂轴。大家都在谈论考什么中学，问我，但我答不出来。因为我根本就没有考虑过上中学的事，就像后来上大学后根本就没有考虑过留学的事一样。因为当时的公立中学是不接受我这样的残疾人的，而且由于自卑心理，自己并不认为这样的规定有什么不合理。所以虽然几个月后就解放了，但仍没有考虑过升学的事，仿佛这是命里已注定了的事，加上家里也没有人操心这件事。而我自己也作了自食其力的长期打算，除了给家里放牛、看田水、打猪草等杂活外，还与一位邻居的穷孩子一起在好几块山坡上开垦荒地，学会了使用锄头，种出了绿油油的麦苗，收获了好几筐大红薯，从而建立起了一种信心，觉得在水田里犁地、插秧、割稻等，自己确实不便，但凭锄头在旱地上作业还是养得活自己的。于是更淡忘了升学的事了。

那时学校招生每年分春、秋两次。那年冬天，衢州两所中学（衢州中学和衢县县中）的春季班即将招生了，同村的一位准备考高中的学生告诉我："现在共产党跟国民党不一样了，像你这样的身体情况，我想也可以上中学了，你不妨去试试。"但这需要父亲的准许。而自从我失去左臂以来，已成了家庭的累赘、父亲的出气筒，不再敢向他提任何要求。后经这位准高中生的辗转探询，父亲说："上半年经济不行了，下半年再说吧。"于是我目送着与我同庚的堂兄在他父亲的护送下去县城投考。但可惜这次他只获得县中的"备取"。过了年，两校宣称：录取的人数不够，需再补招一次。堂兄父子觉得第一次考的"备取"不放心，决心再去应试一次。正当他仍在他父亲陪同下跨出大门的一刹那，我父亲动摇了一下，他嘱咐叔父："向学校问一下：若这次考取了，等下半年有钱了再去读行不行？"叔父不以为然地说："明天就开始考了，人家还能为了你再招考一次？！干脆让廷芳今天一起跟我们走吧，考完了再说嘛！"于是父亲赶紧让我收拾行李，与他们一起走。

衢州中学位于衢城的"制高点"——府山上。坐在报名处的是一位胖胖的戴玳瑁眼镜的老师（后知是校医叶元灿），我首先问他，像我这样的身体情况能不能报名？他对我上下打量了一下,显出一脸惊讶,然后严肃地摇摇头说:"不行,不行!"随即把窗门关上了(为了防冷)。这个出乎意外的答复使我顿时脑子里一片空白。我在走廊里来回转了几圈以后,心里渐渐产生一种不服气,也可以说一种抗议情绪。于是又走到报名处,敲开了窗门。我带点质问的口气说:"不是都说共产党跟国民党不一样了,怎么对待我还是一样的呢?"叶元灿听了一愣。他停了停,然后说:"你等一等,我们需要讨论一下。"就马上进里面去了。不到五分钟他又出来了,说:"共产党和国民党是不一样,你可以考,可以考。"接着就让我填表。填好后我交给叶老师一看,他说:"你相片还没有交,要贴在准考证上。"这下我又傻眼了!我强调我从来都没有照过相。对方说:"没有相片怎么能参加考试?监考老师会把你赶出来的!"说完他又不慌不忙地把窗门关上了!当时照相馆没有快照业务,照张相起码要一个礼拜,而明天就要考试了!为了一张小小的相片而坏了事,这是多么令人丧气的事。于是我灰溜溜地回到住处,那位考高中的老大哥也住在那里。他听了后给我出了个主意,说:"你请求他给你手背或手心上盖个戳,监考老师查你准考证时,你就伸手给他看。"我带着一线希望回到府山。结果这一计策倒成功了!叶元灿老师在我正面手腕上盖了个戳。第二天监考老师来核对准考证时，他看了我手上的红戳时，果然笑了笑表示默许。

　　结果两所学校都考取了，我选择了衢州中学。但临开学时，父亲仍然强调经济拮据，读不了书。他反问我："我全年就收了7000多斤粮食，光农业税就交了5200斤，你还吃不吃？"但我心里有点不以为然：一学期的学费也就70斤大米（当时货币没有信誉，多以实物交换）。你每年都要做一会季节性生意，能赚一些钱，难道就那么在乎70斤大米？再说我两次逃难荒了一年，手跌伤荒了半年，最近又误了一年，若再误下去，你不觉得心慌吗？但这些内心抵触哪敢跟父亲讲！于是，开学的时候，我只能含着眼泪，默默地目送同龄的堂兄在父亲护送下，跨出家门，朝城里走去……

　　于是我又回到麦地，给麦苗松土，给它施肥、浇水。真的，一旦去上学，离开这葱绿葱绿的麦苗，我还真舍不得呢！另外还有两个亲密的朋友，就是我家、叔父、祖父三家共有的两头大水牛。它们一般由我们三家合雇的一个牧童看管。但有时家人为了让他去干点别的活，就让我替他放牧。牛的憨厚大度，只顾付出，所需简单，使我十分敬重和喜爱。离开它们，我也会很想念的。但许多人都规劝我道："干体力活，毕竟对你要困难些，不能作长久之计。还是去读书吧，将来教教书，糊糊口是不成问题的，何况你也很会读书。"是的，求知欲和好奇心都令我向往学校。但父亲这头"拦路虎"谁能搬得开呢？

开学的日期到了，想象着新生们正喜气洋洋地走进课堂，心里不禁一阵酸楚。日期一天天过去，心里一天比一天焦急。有时也幻想着再出现一次奇迹，就像报考的最后一天那样，在堂兄和叔父刚跨出门的一刹那，父亲终于心软了一下。但这一惊喜，迟迟没有再现。希望随着时间的飞跑而日渐渺茫。到第二周的最后一个晚上，我几乎完全绝望了，即使父亲准许我去，功课也跟不上了！想到这里，眼泪夺眶而出，怕被人听见，就躲进房间，一头钻进被窝抽泣起来。

第二天上午，天下着雪，家里叫我去喂牛（即用浸泡过的豆粒裹上稻草，然后送进牛的嘴里）。不久我发现，父亲不在家，出去串门了！我知道他的规律，一旦离开家，起码中午才会回来吃饭。这给了我一个灵感：能否趁他不在，擅自进城，从堂兄那里借40斤大米（堂兄寄住在一个同学家，叔父已为他挑去了200多斤大米），先交一半学费，注了册，父亲肯定会大怒一场，但生米已煮成熟饭，他只好接受事实。等我暑假回去时，估计他的气已消了一半，硬着头皮让他骂一顿好了！时间不停地往前走着，我心里的计划越来越具体。

约11：30左右，我发现嫂嫂（也是我的表姐）已进厨房开始做饭。我立刻振作起来，想：要走就在今天，就在此刻！不然，等父亲一回来，就走不成了！于是我将刚包好的一个稻草粽子往地上一甩，摸了摸牛的嘴巴："对不起，老朋友，没有让你吃饱，再见了！"匆匆跨进屋里，找了两个大麻袋，一袋装进十几斤大米，一袋装进两串挂在楼板下的粽子，用一件破衣包了几件常穿的衣服、袜子等，选了一根叫"两头弯"的扁担，穿戴好蓑衣、笠帽和草鞋（未穿袜子），然后挑起两只麻袋，走到厨房门口对嫂嫂说："我去上学了，爸爸回来请你跟他说一声！"她马上跑过来想劝阻我："那怎么行！你要走也得吃了饭再走呀，饭马上就熟了！"我说："不行，等爸爸回来我就走不了了！"话声刚落，我已跨出了门槛，脚步飞快。约走了一两百步后，有点气喘吁吁。回头看了看，没有发现有人追上来，才开始放慢了脚步。这趟路一共45里。走了7里地，来到樟树底村，已汗流浃背，只得在村边一棵临河的大樟树底下歇了下来，上次去缸窑来回都在这里歇过脚。这时想起同龄的堂兄两次赴考和上学走的也是这条路，但他每次都有亲人护送着，而我却必须像贼一样逃跑着走！想到这里，眼泪哗哗而下，不禁哭出声来。伤感过去后，肚子觉得饿了，便剥开又冷又硬的粽子啃了起来。肚子吃饱后，口却感到渴了，听见河里哗哗的水声，感到很大的诱惑。但附近却找不到下去的地方。只好忍着吧。

过河需要走过一条木头支架的长长的木桥，不停的雪使得桥面很滑，我一再提醒自己必须千万小心，每一步都得拿着劲。好容易过了这座百十来米的长桥后出了一身汗，觉得比走那7里地还要吃力，便歇了一会儿。下午4:30左右到达这趟路程的中间站——云溪镇。见第一家小饭馆我就进去了，一个中年妇女问我想吃什么？我说不吃什么，我只想喝一碗茶，给你一个粽子（上面说了，当时实物交换已成常规）。对方一笑："你的粽子很好吃？"我说："你试试就知道了！"等我脱掉蓑衣，摘掉笠帽，去拿粽子时，她惊讶地说："咦，去年热天有一个受伤的孩子从这里抬过去，是不是你呀？"我一怔，糟了，被人认出来了！未等我回答，她接着说："上次好几个人抬着你走，今个儿怎么让你一个人走哇？"我说："上回我去很远的地方看伤，今天是去城里上学，近多了！"她说："上回好些人都说，你准是个有钱人家的少爷。看来大家猜得不对，要不你少了一只手，还让你冒这样的坏天气，挑那么重的担子一个人进城上学呀！"这时，我的心被她触动了，有点酸楚起来，无可奈何地回答了一句："咳，大概命不好吧！"赶紧挑起担子继续走了。

大部分路段都从田垄里通过，又窄又泥泞，草鞋与脚丫子早就合而为一了，脚也麻了，已感觉不到冷了。暮色开始降临的时候，才到达浩浩荡荡的衢江埠头，有名的"浮石潭"。这里需要上木船摆渡。这是第三次经过了，所以船老大很快就认出我来了！他非常疑惑地问："你这么点年纪，身体又不便，你家里怎么能忍心让你一个人出远门呀，还挑那么重的担子！"他的话又勾起我的辛酸，我默然不语，怕哭出声来。待情绪有所恢复以后，我替父亲开脱说："我父亲有吐血的毛病（那时农村里还没有听到过'肺结核'这个病名），冷天出门容易刺激咳嗽。"船老大再也没有说什么。

上岸后，离城里只有5里地了，而且路面又宽，又不泥泞。我一口气就进了北城门，只拐一个弯就到了堂兄住的地方。他见我到来十分高兴，但又很惊讶："你靠一个肩挑，怎么能把这么重的担子挑到城里？"他赶忙弄了半脸盆热水给我洗脚。洗完脚，我一边穿鞋袜，一边提出向他借40斤大米交学费的事。想不到他一听，脸色顿时阴沉下来。停了一会儿，他终于说："这大米是我爸爸专门挑选出来的好米，拿去交学费太可惜了！"他的回答使我十分意外，惊愕地看了他半天，然后转过身去说："这40斤米对我来说很关键啊，交不了学费，我就上不了学。可除了你就没有别的人能借给我了！"当我再转过身来的时候，见他咬着嘴唇，说明他很为难。这时一种自尊和悲愤情绪控制了我，在内心深处发出了抗议："我千辛万苦跑到这里来，你却在乎大米的好坏！15年的手足情到哪里去了？"但我没有让这些话爆发出来，只默默地坐到椅子上去，把鞋袜脱了下来，重新把草鞋穿上。这时堂兄紧张了："你要干什么？"我平静地说："你不必为难，这个学我不上了，我这就回去！"他说："都入夜了怎么能回去？算了，算了，你别生气了，我借给你，借给你！咱们毕竟是一起长大的嘛，我没有别的亲兄弟，一直把你当作亲兄弟，这个忙怎么能不帮呢！我刚才在考虑，还有没有别的办法。"堂兄毕竟是个善良人，他还答应让我跟他住在一起走读，这样可省一些钱。

我第二天就去学校上课了。第一堂课是英语课，但对别的同学来说，这已是第三个礼拜的课了。我曾经在一个远亲那里学会了26个字母的读法，但当老师领着大家读"good morning"的时候，我傻眼了：26个字母中哪有"格""得"等等这些音呀？结果一堂课下来完全坐了"飞机"！于是我开始焦急甚至懊悔起来：这样违抗父命、忍饥受冻跑了出来，如果最后却落得个不及格甚至留级的结局，父亲怎能饶得了我？无奈之下，我又去求教那位同村如今已经上高中的老大哥。我说晚到了，英文连门都摸不着，能否每晚抽点时间帮助我一下？他想了一下说："帮助可以，但必须跟你订个协议，每晚不得超过一小时。"我一听，怎么这么不给面子，还要订协议？但再一想，一个小时也不算短了，人家自己还得做功课，于是就接受了这个条件。这样，我一连三天过来，每天实际不到半小时接受他的补课。第四天我就自己上路了，而且成绩在班上一直遥遥领先，尤其是英语，每年都是班上的"课代表"！

绿色废墟的凭吊

几个年逾花甲的亲戚来北京,陪他们游览了一趟动物园。出乎意料,他们驻足最久的不是熊猫馆、大象馆或蟒蛇馆,而是鹰鹫馆。最后我不得不催他们继续往前走,并说:"我们家门口不是每天傍晚都有老鹰盘旋吗,还没看够?"姐姐立刻"咦"的一声慨叹道:"那是什么年代的老皇历了!打从门前的柴篷(即村后的大片森林)为大炼钢铁作了贡献,就再没看见老鹰了!"大家都不吭声了,我感伤不已,沉入了深深的回忆之中。

家乡是丘陵,家屋坐落在村子西北角的角尖儿上,门前不足50步,横亘着一大片南北长约1500米、东西宽约700米的古老而茂盛的原始森林,即"柴篷",浓浓密密地覆盖着三面百米多高的山峦及其脚下一座20余米高的平坡,俗称"大平坛"。"大平坛"与我们家门前的菜园仅一墙之隔。墙外则是一棵特大的千年古樟,它正位于"柴篷"腹部的最前端,堪称"柴篷"的"凤冠",且正对着我们的家门,我们视之为门前一尊天赐的"盆景"。祖先留给我们的这一个多平方公里的"柴篷",从正面平视,像一把扇子,构成村子的背景;从侧面俯视,则像一只开屏的孔雀,与几百幢白墙青瓦的房屋相映生辉,构成这个村子独有的景观。

这个"柴篷"的存在也使很多人类的朋友即飞禽走兽在这里找到了家园,从而使村人们获得了得天独厚的"动物园"。每天早晨一醒来,就听见各种鸟类竞相争鸣,仿佛无数乐器在协奏一曲《百凤朝阳》。傍晚,当袅袅炊烟刚刚停息,一只只雄鹰便相继蹦出树林,直插云天,以优美的姿势在村边缓缓飞翔,像是在为村人巡逻;有时一个俯冲直抵地面,然后又迅速腾上天空,又分明是在作航空表演。如果是夏天,则又平添一番景观:千万只白鹭不约而同地飞来,栖息在"大平坦"那些高大的枫树上,真好比"忽如一夜春风来,千树万树梨花开"。它们早出晚归,筑巢下蛋,在静卧以前,都要进行一番生命存在的仪式:或发情,或戏耍,或争斗,叽叽呱呱地发出一种人类听不懂但能领会到的语言,好像无数管乐器在合奏一首奇特的乐曲。等到这些乐手安静下来了,猫头鹰就开始"值班"了,但它唱的总是悲歌,而且带点恐怖,幸好有啄木鸟的鼓点伴奏,多少冲淡了一些悲凉。

祖先留下的这个天然的"森林公园",对我们儿童来说更是难得的游乐园。当布谷鸟发出第一声"布谷",我们便脱去棉袄,欢天喜地地扑进"柴篷"去捉迷藏,逗松鼠,或捉雏鸟,末了总要采一大把鲜丽素朴的杜鹃花、香气馥郁的芝株花或别的野花带回家,使简陋的农舍顿时生辉。枫叶红了的时候,跟着母亲(可惜我8岁以后她就不在世了)和姐姐,去"大平坛"从树上打橡子或"苦珠"(一种圆形的橡属硬壳果),这对大人来说是劳动,但对小孩却是极好玩的美事儿:一竿子下去,只见几十百来颗弹丸般的果粒下雨似的哗啦啦掉落下来,有时砸在头上噼啪作响,又痛又刺激。孩子们嗲声嗲气地喊叫着,有时干脆咬紧牙关,站到竹竿下,蹦跳着接受一番"枪林弹雨"的洗礼……当天晚上,一家人坐在油灯下把这些果实的外壳剥去,第二天磨成浆汁后加工成咖啡色的"豆腐"或"面条",再与雪里蕻、青蒜和辣椒煮成一锅,吃起来真是可口。

秋风肃杀了,只见"大平坛"上的枯叶雪片似的漫天飞舞,地面上很快堆起没膝深的叶层,我们就像投入大海,倒在树叶上尽情打滚、摸爬,有时甚至自告奋勇让别的小伙伴来捉拿,被捉到了,任人处置,于是常常被人埋在一人多高的树叶堆下,直到憋得哭叫起来,人家才赦免。

隆冬季节,"柴篷"里仍有很多的常青树和绿色小树丛，那里是我们采野果的好去处。有一种名叫"乌饭"的紫色果粒，大小如豌豆，一串串似葡萄，甜中带酸，我们只管一把一把往嘴里送，很是解馋。当然收获最丰富的季节还是夏天，爬上树去饱餐一顿杨梅或枇杷以后，就钻进树丛里去采蘑菇，什么"雨伞菇"啦，"芝麻菇"啦，"红大栗"啦，"老鹰爪"啦……形状各异，颜色亦不同，满满一篮子提回家，家长表扬一番之后，便检查一下有没有一种叫"白碗瓣"的毒菇，然后全家人便可美美地享受一顿"蘑菇宴"啦。

长大后我去县城上中学了。进城需步行45里路，好远！第一夜就掉泪了，不是舍不得离开自己的家（相反，我是挣脱父亲的阻拦，逃到城里去上学的），是远离"柴篷"使我无限怅然，也许我天生是大自然之子，离开自然，我在自然里养成的野性就没有了着落。好在每年有一次寒暑假，每次我都要回去尽情拥抱"柴篷"，方式是每天早晨进林子里跑步、做深呼吸，或者大声喊叫，表示我在告诉人类以外的那些朋友们：我回来看望你们来了！尤其当我从缓坡小跑着一口气登上岗顶，扯开喉咙"吊嗓子"的时候，呼呼的松涛便发出共鸣，仿佛大自然也从她的胸腔深处发出"丹田之音"，又好像她举起千把琴弦为我伴奏，人与自然的融合，在这里领略到最美妙的佳境。

上大学后，千里在外，大城市的世界固然"精彩"，但哪像"柴篷"使我那样梦魂牵绕。本想能有机会回去重温那"天人合一"的境界，却想不到竟成了永别：形势要"柴篷"捐躯，村人却无人忍心下手（多少个世代相依为命，她是全村人的保姆啊），于是从别村派来了几百名铁面无私的"行刑队"。啊，"柴篷"的大限终于到了！她很快变成了一座座山头似的柴堆，覆以黄土后，又像是一座座巨大的金字塔，不知冒了多少个日日夜夜的滚滚浓烟，那经历几百年风雨长成的无数绿色生命之躯终于在深沉的悲咽中变成了人们如愿以偿的黑炭，不久，又统统变成了一钱不值的死灰……

如今回乡探亲，抬头望去，首先闯入眼帘的是两座光秃秃的山峦。秃山下，"大平坛"上缕缕炊烟固然说明这里依然充满着生命的温热，但这是红色血液的生命取代了绿色的生命！殊不知，在大自然中，红色血液的生命与绿色的生命是相辅相成的统一体，二者的位置是无法相互取代的。取代了肯定要受到大自然的报复。

每当我朝着这秃绿色的废墟走去，心头总是翻滚着乌云，那比我去父母永息的地方上坟还要沉重。

渎神的刀斧

文明毕竟在进步，绿色意识终于开始觉醒。但对我来说，这种意识每一程度的觉醒，都加深我痛苦的回忆。我痛惜在那急于求成的年代，家乡村边那一大片古老森林的毁灭；我更痛惜在其不久之后的荒诞年代，我家门前那棵被视为"绿寿星"的千年古樟的劫难。

家乡地处浙西丘陵。村边那座古老的森林被村民称为"柴篷"，因地形关系俯瞰它像开屏的孔雀，而那棵千年樟王恰好成了它的"凤冠"，此"冠"正对着我的家门，相距不足50米，我们视之为家门口天赐的"盆景"。"柴篷"遭劫时，由于它的"绿寿星"的特殊身份，才逃脱了"刀下鬼"的命运，成了唯一的幸存者。于是，它的巨大的菜花状的树冠依然有三分之一笼荫在我家菜园的上方，一有风起，摇曳多姿。这算是"柴篷"遭劫后给我们留下的唯一的慰藉。

这棵千年古樟，其年寿之高与生命力之强显然在外表上造成了它的怪诞结构：年轻美丽的面容下却支撑着一个苍老丑陋的身躯。你看它的主干不足三米高，且呈扁状，表面疤痕斑斑；"腹部"全都空了，"肚皮"上开裂着很大的口子，以致人们可以走进走出；身子是倾斜的，所以孩子可随便爬上爬下……

但也许正因为它的这种经磨历劫的身世，人们看到了它每次大难不死的神秘因由，故而对它敬若神明，视之为"土地神"的化身。逢年过节，都要端着鸡、鹅、猪头等祭供品来这里烧香跪拜，祈求来年吉祥好运；遭遇大灾大难、小恙小病也要来这里祈求逢凶化吉、消灾祛难。但我们家对这个神秘的庞然大物却怀着敬与畏的双重心理：有这神为邻，灾难岂敢降临？但万一言行不慎，有冒犯之举呢，不成了伴"神"如伴虎了？可想而知，每逢家里死了人或遭灾逢凶（比如我在左臂摔断时），家人都要"慎独"一番，是否什么地方得罪过这樟神爷了？幸好我后来读了书，根本不信神；小时候也没有学会敬神的习惯，相反，常常做出一些渎神的举动。例如，当我第一次爬上这斜樟的"肩膀"时，怀着一种对既高且难爬的树干征服的豪情，我痛痛快快地对着那香烟未尽的神坛撒了一泡尿！这可以说是一种幼稚者的"左派幼稚病"的显露，殊不知，这亵渎的不只是一棵树的神圣光环，而是一种文化表征啊！

一个原无感知的客体，如果它与人的行为发生了那么多的缘分，它就不再是它自身了，它获得了人文内涵，具有了文化生命，它有灵性了，真的有"神"了。这棵千年古树，它接受了这个村子一代又一代人对它的神化、想象和供奉，融入了那么多人的精神寄托和祈求，它的真实价值还会是一棵树吗？它成了这个村子灵魂的征象，因而具有神的威严了。

无怪乎，当"柴篷"惨遭厄运之际，当那不可一世的刀斧逼近这棵树的时候，它举不起来了，人们面面相觑，谁也不敢砍第一斧：怕报应啊！愚昧者对信仰的执迷，往往导致迷信。这时候持刀者与下令者的文明程度都属同一档次，心理是无异的。于是这个千年的绿色老寿星才大难不死，成了这柴篷废墟唯一的纪念品和见证者。

但是，且不要忘了，我们这个民族的哲学思维是经过这一形式逻辑的训练的：100个难友中99个被砍了头，何故仅你一个人幸存呀？所以，好景不长，在那大革文化命的年代到来之际，这个"土地神"的化身很快就被囚进"四旧"的樊篱，再也难逃非理性者的刀斧了！于是，这个几十代先人精心营造并保护的"柴篷"的精魂，这个生气蓬勃的绿色生命，于"柴篷"惨遭毒手摧毁10年之后，在悲凉的废墟上吐出最后一口气,终于安息了!

它生长得如此漫长,如此壮观,却毁灭得如此迅速,如此彻底。而那些无知的人类,正是毁灭绿色生命的罪人。

青春的摇篮
——献给我的中学母校

当我步入老年再回首往事时,发现一个逆反现象:年代越久远,浮现在脑海中的影像越清晰:13至18岁,正值青春花季,理想、幻想在这期间竞相萌发,基本人生观在这期间开始形成,可以说,这是人生征途的"起跑"阶段。

我的中学母校衢州一中位于浙西重镇衢州市,这是一个列入重点保护的省级历史文化古城,1800多个历史年轮包含着读不完的历史内容,母校就是在这块丰厚的文化土壤中孕育出来的。清朝末年,"废科举,办学堂"的维新思潮猛烈地冲击着腐朽的封建教育制度,1902年,当地的一家"求益"的书院按新的学制改办为"衢郡中学堂",于是,我的母校——一所新型的现代中学——就这样应运而生了。

不知为什么,我对中学时代的老师们总有一种特殊的感情,这大概因为我从小就失去母亲,又由于自己的特殊身世,家庭没有给过我温暖,然而我却从老师们身上得到了家

2010年作者与母校衢州一中的文学爱好者相聚

庭中得不到的爱心。

　　我总是忘不了初一地理课上一次违反课堂纪律时，叶味真老师在责备我的同时又投来温和、亲切的目光。这与新中国成立前上小学时，因为一次同样的错误而挨戒尺痛打的情景形成鲜明的对照。我也忘不了英语老师魏其庚，他上课时那不苟言笑的神情与严肃认真的态度既是威力又是魅力，加上那字字清晰、有力的讲述，使听课变成了享受，从而使我对英语产生了浓厚的兴趣，一连当了五年的英语"课代表"，并导致我终生都跟外语结下了缘分。我也十分感谢语文老师张鼎熙，他思想洒脱，很有见地，讲课时，从不人云亦云。他知识广博，常常结合课文引述许多古今中外轶事趣闻，课堂气氛始终活跃。那时我上高二，在中学的最后一年还当了班上的语文课代表。我和我的同窗叶朗（北大美学教授）都对张老师深深赞赏，离开母校后，常在一起谈论他，与他保持通讯联系。正是由于外语老师魏其庚和语文老师张鼎熙对我的启蒙和影响，才使我走上从事外国文学研究道路———一条符合我志向的道路。

张鼎熙老师不但善教书，而且善"育人"，以他自己的方式：直率和真诚。有一次他在讲完课文《我的一天》（H·A·奥斯特洛夫斯基作）后，要我们用同样的题目做一篇作文。我当时还不能完全正视自己的身残现实，心理上有一道无形的防线，对别人偶尔的谈论或询问，往往产生反感，常揣摩人家的用意和动机。我把这些心理活动写进了作文。出乎意料，张老师对我所写的不但没有表示同情和支持，反而写了如下一段批语：人家的谈论是自然的……你若长期这样对待周围人的谈论，你将会失去很多朋友（大意）。这段话引起我很大震动，感到它既是老师语重心长的批评和教诲，又是一个熟识的"旁人"的现身说法；它像一把钥匙，打开了我心灵中的另一个世界，一个曾经被我不正常的心理所扭曲而今又重新矫正过来的真实的世界，在这个真实世界中,我看到歧视我的人并没有那么多!从此我的心理恢复了健康状态,心胸更开阔了,社交范围也更扩大了,大学毕业鉴定时还得到了"性格乐观""待人热情、诚恳"一类的评语。张老师及时帮助我矫正了心理偏斜,使我完成了人生观的一次有决定意义的转折,以致后来每当我遇到挫折时,最终都能保持住昂扬的精神状态,迎接命运的一再挑战。

20世纪50年代上半期,母校繁荣局面的形成,除了得力于一批素质良好的教师外,还得力于一位贤能的校长,他就是吴良先生。吴校长不仅善于驾驶学校机器的运转,善于团结广大教师,而且对学生怀有深沉的爱。

在我离开母校以后,听说她在十年之内连遭两次创伤:1957年和1966年,一批又一批教师骨干被误伤、遭摧残,从此母校每况愈下。好在母校毕竟根深土沃,20世纪80年代中期终于夺回了"省重点"的荣誉,并在新的形势下重放异彩。

衢州城话

衢州,浙西地区的一个府城,钱塘江上游第一重镇,扼浙、皖、赣、闽之咽喉,因"四省通衢"而得名。东汉年代始为县治,历代为州、郡、路、府治,迄今已有1800多年历史,这个城龄比欧洲的许多历史文化名城如柏林、慕尼黑等至少要早1000年。

我虽不是出生在城里,但六年的中学生活,几乎所有的大街小巷都留有我的足迹,备受这个古城那种古色古香古味古韵的熏陶。最难忘的是那巍巍城墙和城门了,由于衢州历来是东南五省用兵重镇,几万乃至几十万大军在这里鏖战,历史上屡见不鲜,西城的"上营街""下营街"即因古时屯兵而得名。历代统治者都想使城池固若金汤,城墙之必需坚固可想而知,所以,它素有"铁衢州"之称。据史料记载,春秋时代就开始在这里筑墙了,后屡建屡毁,现存的城墙为明代所建,直至20世纪50年代,几乎完整无损。古城六座城门(现存四座)当时都有城楼。这一宏伟建筑成了地道的

"石头的史书"。

说来也巧,我的母校衢州一中就坐落在北城墙脚下,高中几年,我每天晨跑以后都要登上城墙,扯开喉咙练嗓子,有城墙神助,到"丹田"之气就充盈多了。我还曾约同学沿城墙步行一圈,想证实一下这城墙圆周长是否如史书上说的"四千五十步"。

衢州不仅拥有"铁"的重量,更富有"文"的内涵。历史上出过大政治家、大军事家、大医学家和成就卓著的文学艺术家。其中最值得一提的是南宋孔氏家庙,是孔子第四十八代孙孔端友随宋高宗赵构南迁时仿曲阜孔庙形制所建,居至第五十三代。建筑曾数度倾圮,现存的为清代重建,是全国仅有的两个孔氏家庙之一。

除孔府外,衢州还有一些具有重要文物价值的建筑物,如矗立于北门内的那座木石结构的钟楼,即蒲松龄笔下"衢州三怪"之一的所在地。蒲公的这一怪笔显然引起古典文学爱好者、鉴赏家毛泽东的兴趣,据说"大跃进"年代,他从江西视察回京途中,曾在衢州稍事休息。当当地负责人带着准备好的生产数字向他汇报时,不料他劈头第一句却问:你们衢州有哪"三怪"呀?一时令对方目瞪口呆……

钟楼内原顶悬铜钟一口,重3000余斤,据清康熙《西安县志》（衢州古称西安）记载：该钟上层铸《心经》一篇；中层铸"花木、鸟、兽"；下层铸铭词一首。1942年日寇蹂躏衢州时将其盗走。"文革"期间，这座藏"怪"之楼更是在劫难逃，上层的木构建筑彻底被毁（捣毁的好汉们大概以为这样"衢怪"便无以蔽身了），残留的石砌底座幸存了下来，它包括东、南、西、北四道互通的拱门，犹如埃菲尔铁塔底座的缩影。

坐落在市中心的天宁寺是古城最高的建筑，四层中空木结构，飞檐翘角，好不壮观，它是衢州佛教文化的象征。此外有许多民俗建筑别具特色，久享盛誉，其中以"九楼"

衢州曾有完整的城墙和城门，"文革"中被毁，这是修复后的大西门。

"八阁""十三厅"为代表。可惜由于战乱频仍,它们大部分已化为乌有,唯有孔府内的"思鲁阁"风采依旧,阁内所藏唐代吴道子绘《先圣遗像碑》、明代《孔氏家庙图》等均堪称国宝。

改革开放使衢州古城焕发了新的活力。一大批新的商业大厦沿着南北轴线有秩序地延伸,新的住宅区和行政办公大楼都在城外扩展,因而较好地保持了衢州的古城风貌。浓郁的历史文化氛围赋予衢州现代化建设丰富的人文意蕴,而现代化的强大节奏又给古城增添崭新的风姿。衢州,你不愧是钱塘江上游的耀眼明珠!

山不在高，有仙则名

古人云："山不在高，有仙则名。"此话不假。我国佛教圣地普陀山、乐山大佛所依之凌云山等，都不算高，只因有"仙"而名扬四海。我这里要写的烂柯山，海拔仅174米，也是因为有"仙"，闻名遐迩，成为全国围棋圣地。

当然，从科学意义上说，"仙"只是人们的一种想象，实际上是没有的。但若把它作"文化意蕴"解，则就对了。比如烂柯山之所以灵气充盈，就因为它蕴有浓郁的文化内涵。首先它是一个民间耳熟能详的美丽传说的诞生地，这则传说已经流传了十来个朝代。早在1500余年前，我国北魏时代杰出的地理学家、散文家郦道元即将它载入其著名的文学性科学著作《水经注》中：

> 信安县（即今衢县）有石室坂，晋时，有民王质，伐木至石室中，见童子四人，弹琴而歌，质因留，倚柯听之，童子以一物如枣核与质，质含之，便不复饥。俄

顷，童子曰其归，承声而去，斧柯摧然烂尽。既归，质去家已数十年，亲情凋落，无复向时比矣。

烂柯山就因此而得名。这则传说后来变奏出"山中方七日，世上已千年"的故事，成为我国文艺创作中一个重要的神话题材。唐代诗人孟郊有诗云："仙界一日内，人间千岁穷……樵客返归路，斧柯烂从风。"此后还有人拟出仙人弈棋的棋局，并配以曲谱，题为"王质遇仙对弈记"，见于宋人李逸民所编《忘忧清乐集》之中。20世纪60年代初，著名杂文家、书法家邓拓光顾烂柯山后，曾作《烂柯山故事新编》一文，将烂柯故事与现代科学理论相沟通，认为古人已开始懂得地球时间与宇宙时间的相对性。

由此，烂柯山激发过历代无数大大小小的骚人墨客的兴味与智慧，留下了大量的诗文和墨宝（包括摩崖石刻、诗刻和碑文）。较远的如谢灵运、孟郊、刘禹锡、陆游、朱熹等，较近的除邓拓外还有郁达夫等。陆游在其《游柯山观王质烂柯遗迹》中吟出"千载空余一局存"的咏叹。朱熹甚至还在此山一书院讲过学，并借故事作诗兴叹："局上闲争战，人间任是非。空教乐樵客，柯烂不知归。"

当然，烂柯山之所以有"神仙"莅临，有名士光顾，归

烂柯山透岩

根到底在于其周围风景之优美,其本身形貌之奇特。这里是仙霞岭余脉的末端,向北望去,是空旷开阔的金衢盆地;向南回观,则是无数层峦叠嶂,有层次地向后层层展开,有如画卷。秀丽的乌溪江从崇山峻岭中蜿蜒而出,怀着千般柔情从烂柯山脚下缓缓流过,她令人想起海涅笔下那首动人的歌曲《萝蕤莱》。可这中国的"萝蕤莱"——烂柯山,其风光之诱人比起莱茵河上的那个萝蕤莱恐怕要略胜一筹:你看她腰间那一对上下相叠的巨大的双洞孔,南北穿透;下孔长、宽各30来米,高8米,称青霞洞,被古人誉为"天下第八洞天";上孔略窄,洞高不齐,最高处不足一米,故称"一线天"。两洞之间的石梁像是一座大石桥,甚是壮观,故古有"仙桥危石梁""虬蟠雾中见"的赞叹。洞北悬崖如削,构成又一险境胜景。

围绕上述洞天奇观,古人建有不少景点作为点缀,有过"柯山八景"之称。可惜随着岁月流逝,大多荡然无存。其中值得一提的是山脊东端的"多雁塔"和西端的"日迟亭",一个迎旭日,一个挽夕阳,二者朝夕相伴,互为呼应,又仿佛是青霞洞的两名卫士。现在唯一能看到的古建筑是洞南山坡上的一座古寺,建于梁大同七年(541年),倾圮后,于宋景德二年(1005年)在原废墟上重建,曰"柯山石桥寺",风格类似当地民居,四周有赭红色的围墙,并有葱茏的树木相护。寺前多级石阶下有一池塘,塘边有两棵千年古樟;有一井,刻有"冷泉古井"四字,据传当年苦战衢州的朱元璋曾在此饮马。围墙左边的"通仙门"外,有明代四川巡抚徐可求墓,早已被盗一空,唯墓前标志墓主地位的石人、石马、石羊等物犹存。

较名贵的遗物还有青霞洞西坡的朱熹手迹,那是两棵状如张牙舞爪之龙蟠的千年古松下一块两尺余长青石板上的石刻:"战龙松"。朱熹与烂柯山涉缘较多是不足为奇的:宋高宗皇帝在金兵追逼下南逃时,随驾南渡的孔子第四十八代孙"衍圣公"在衢州落脚,建造了孔氏家庙。作为"宋明理学"的开创者朱熹,自然对衢州格外垂青了。

　　取名"烂柯山"的地方全国有多处,但"烂柯"典故的真正出处是位于衢州的这座烂柯山。不足为怪,她如今成了全国围棋的圣地,已先后在这里举行了多次全国性围棋比赛。国手云集更使烂柯山风姿增俏,"仙气"频添。随着当地文化旅游事业的迅速发展,烂柯山已越来越成为浙西山水名胜中的一颗璀璨明珠。

牛的记忆

童年在农村长大，农人们都习惯于以农历纪年。但我从来都不喜欢这种用天干地支纪元的方式，因此，我向来不愿意主动说我的属相，这不仅因为我所属的是哺乳动物中最不起眼，却最狡猾、最令人讨厌的"老鼠"，更因为我始终不理解古人在确定数目的时候，为什么偏偏用"十二"，而不用"十"这个整数？而在选择12种动物的时候，为什么偏偏看上诸如会咬人的蛇和爱扰人的鼠这些人类的"公敌"，而摈弃像勇猛而高贵的狮，雄健且善翔的鹰这类人们喜爱的飞禽和走兽？

不过，十二生肖中毕竟没有漏掉一个我最心仪的角色——牛！如果说，动物世界谁堪称人类最好的朋友，那么非牛莫属了！想想看，在机械发动机出现以前，在漫长的农耕时代，人类的生存始终是与"耕"字紧密相关的，而这个"耕"字始终是与"牛"联系在一起的。当然，一提到牛，脑海中即刻跳出了"马"！的确，"牛马"这个词组，一如

"夫妻""兄弟"这类词组一样不可拆卸。无疑，马与人的亲密关系及其历史地位也是不可低估的。但在"牛马"这一词组中，毕竟"牛"在"马"之前，我想这必定经过先人们认真权衡过，且经历代的祖先们认可了的。啊，牛，它"吃的是草，挤出的是奶"。它就足够令人肃然起敬了！笔者是南方人，又出身农家，青少年时代的每个寒暑假的一半时间都与牛为伴，所以牛的地位和形象在我的心目中就尤其突出了。

我国北方只有黄牛，南方则除了黄牛，还有水牛，且以后者为多。这两种牛都被用来耕地，未见用于挤奶。上世纪四五十年代，我家和叔父、祖父三家共养两头水牛，共雇一个牧童饲养。每逢寒暑假，牧童被派作别的用场，牛就交给我了。于是每天清晨和傍晚，我就与牛朝夕相处。家乡是丘陵，漫山遍野仿佛是无主的绿草和野花，任凭牛群啃啮，奔跑。但牛是很理性的，它们从不没有边际地乱跑，况且肥美的丰草主要生长在比较潮湿的低洼地带，只要有吃的，牛群不会远离那些地方，你只需找个能目控的制高点，只顾和小伙伴们玩好了，等你玩够了，它们也吃饱了，一起回家就是。这时你在野地上也跑累了，只要把牛角往下一按，一只脚踩住它的角跟，它就抬起头来，逗着玩似的把你顶到它的背上，一路上驮你回家。它的脊背足够宽阔，你愿意躺着趴着都可以，故有"牧童归去横牛背"的古诗流传。

但天气炎热的时候我是不骑牛的，否则双方会更热。而且牛需要游泳，就像马需要溜达一样；快到门前那口池塘的时候，它就不禁轻跑起来，越跑越快，直到全身埋入水中。当它重新探出头来的时候，"噗——"的一声长长喷出一鼻子水和气。这时它至少获得两种痛快：一是消暑，二是灭灾——给那些久久叮在它身上尽情吸吮它的血液的大蝇子也就是牛虻们来个灭顶之灾！不过这样的描写多半出于人的情感，我相信牛是不会有复仇的动机的，它只有驱赶或躲避的欲望。不信，在它耕田或犁地的时候，你注意观察就是了。这时的牛总是少不了鞭打，因为把犁的人出于天性，总是怀疑对方偷懒。其实牛是不懂得吝惜自己的力气的，我经常注意观察刚被套上轭具开始犁地的时候，它总是摇头摆尾，高高兴兴地走得很快。后来渐渐慢下来了，因为它的能量消耗够多了，或者它的体质比较弱。因此我敢断定，牛所吃的鞭子中，十之八九都是冤的！可是从来没有见过牛向鞭它的人发过怒。牛的这种无边的温驯最典型的表现当是在屠宰场了。据说牛面对杀机只顾流泪，而没有丝毫的反抗或挣扎……

不过，说牛没有复仇的情欲也只是对人而言，对它的同类，就未必如此了：到底是兽啊！家乡是个大村，至少有上百头水牛，一般是彼此相安无事的，但其中有两头公牛，身强力壮，堪称真正的"猛牛"，分属两门大户人家，不知是不是因为情妒而成了仇敌，一撞见就打得不可开交。有一次恰巧被我目睹了：只见双方两眼通红，两个额头彼此顶着抵在地上。一个回合又一个回合。那两对平时好不美观的弯弯长角不断发出噼里啪啦的撞击声。后来胜方把败方追击到其主人家，把桌椅板凳瓶瓶罐罐踩得稀里哗啦，直到最后主人用了火把才将强者驱跑。最壮观的一次是在上世纪70年代，可惜我不在场。家乡人在两山之间建起了一座长达1700米的空中渡槽。竣工那天数以万计的人参加了剪彩仪式。恰恰在这时，两头公牛发生角斗。不知怎地双方却斗进渡槽里去了！渡槽是半圆形，上面铺有间隔的水泥板，因此高大的水牛是站不直的！但是彼此绝不罢休，窝着背，且打且走，一直打到另一头，显然双方都筋疲力尽了，未分胜负而休兵。这时，一直在兴奋而紧张地观战的看官们爆发出雷鸣般的欢呼声！人们说：这两头水牛很懂得人心，用了最精彩的表演，为渡槽剪了最喜的彩！

哦，原来牛也有这一面，坚韧的、不屈的战斗的一面，这才是牛的完整形象。然而，牛的伟大却在于：它把勇敢、善战的一面留给同类，而将勤劳的、温驯的、只知奉献不思图报的另一面毫无保留地留给了人类。

　　写到这里，我想起了吴冠中先生的一篇短文。老先生颇为不平地问道：为什么我们民族偏偏把莫须有的"龙"而不是"牛"作为崇拜的"图腾"？不管吴先生的这一提问能得到多少人的认同，反正我本人始终认为，中华民族主要是以"农耕"闻名于世的，如今"农耕"这个词将很快成为历史，但代表农耕的"牛"应当成为我们永远崇敬的对象，且将人格化的"牛"作为我们永远学习的典范！

春　节

　　按照中国古老而科学的历法，春节这一天是"立春"，这意味着自上次立春以来地球又转了365圈，亿兆生灵又经历了一个四季轮回，我们称之为"一年"。多亏炎黄先人在漫长的农耕时代摸索出一套大自然生命的运动规律，把她的每一个可见步伐定为一个"节气"，算出她一个来回共有24个节气，而其中被视为最重要的一个节气便是立春。何以见得？你看她总有一个欢天喜地的节日相伴随，这就是我们家家户户正在出门迎接的"春节"！这是中国人一年中最兴奋的狂欢，是对春的最真诚的礼赞。

　　春节的隆重当然远远不仅表现在假日之长，而表现在节日内容之丰富和情绪之热烈。这首先是亲人们的团圆日，不管出于亲情、友情还是爱情，人们都想在这些日子里圆一个团聚的梦。怪不得每次离春节还有半个月，包含特殊概念的"春运"就开始了，成亿的归乡者带着一年的思念和渴望，哪怕天涯海角，归心似箭，在祖国大地上穿梭游动，成为世界旅游业中和旅游史上最壮观的景象。

农村的气氛比城市还要浓烈，因为这正值农闲时节，农民一年的辛苦唯有在这几天才能集中放松一下；而孩子们平时得不到什么好吃好玩的东西，这几天都可望如愿以偿。最能反映"民族性"则是农村有趣的年俗文化：节前杀鸡宰猪、蒸糕裹粽、酿酒购物，忙成一片；临节则爆竹声声，交杯换盏；人们纷纷给祖宗烧香敬酒，祈求来年的平安与丰收；孩子们给长辈磕头敬孝，并接受"压岁"的红包；亲戚间往来拜年，互道吉祥；元宵节更是游龙戏凤，狮子狂舞，地炮冲天……喜庆——不，春的祭拜仪式从"大年三十"一直持续到正月二十！这恐怕是世界上时间最长、内容最丰富、气氛也最热烈的年节了！

世界上几乎每个民族都有自己的年节，但年节的来由却各不相同。西方基督教世界是以耶稣出生那一天作为纪念日的，名曰"圣诞节"；而部分亚洲国家和地区，特别是中国是以祭拜春天作为一年中最欢乐、最神圣的日子。这是具有特别意义的：春天是一年中最美好的季节，"一年四季在于春"，这是公认的颂辞。春天意味着万物复苏，大地披绿，亿万生灵重新焕发朝气，开始新的一轮的征程。难怪，一句"春风又绿江南岸"，给人们带来无限欣喜，因而成为千古绝唱；难怪德国大诗人歌德那首歌颂春天的《五月歌》一下把他的名声带出国界；而俄国人斯特拉文斯基因成功谱写了《春之祭》而使他成为毫无争议的现代音乐开山祖。

春节的确反映了中国人对大地的依恋，对自然的亲近。这倒要感谢我们漫长的农耕文明了：是她培育了我们对自然的感情，使我们久久偎依着自然的怀抱，备尝自然的温馨。中国人与自然的这种特殊关系从我们的建筑也得到验证：世界上绝大多数国家和地区的大型建筑都是用冷漠的石头建造的，甚至包括我们的近邻印度、缅甸、尼泊尔、柬埔寨，而唯独我国（最多包括日本和朝鲜）的这类建筑是用有生命的木头建造的，这不能不归结为中国人与自然的天生的亲缘性。这点甚至连英国的中国古代科学史家李约瑟也注意到了，他对这一问题的解释是：因为中国人"亲近自然"。

可我们在相当长的一段时期内抱怨过我们的农耕文明，说她太长了，妨碍了我们及时去拥抱"蔚蓝色的文明"，在生产力发展的历史进程中错过了一个工业革命，以致受尽了洋枪洋炮的威胁与蹂躏。然而事物的发展常常掩盖着另一面：当大自然如今清算人类对她的掠夺与虐待时，却也少了一份我们的历史孽债。

守住祖宗的遗产

农耕文明是人类历史发展过程中的重要阶段，它是工业文明的母胎。

我国的农耕文明有着悠久的历史，在其长期发展历程中又融入了游牧文明的丰富内容，对人类历史和社会发展做出了至为重要的贡献。

在我国农耕文明发展过程中留下了极其宝贵而丰富的有形和无形的历史文化遗产。它们包括生产工具、生活用具和有关民风民俗的用品与器具。生产工具如耕种时使用的犁耙、轭具、锄头、铁锹等；收割时使用的镰刀、稻桶、脚踏脱粒机、碾子、风车、箩筐、簸箕，用于运载的扁担、可挑簸箕、背篓、双轮或独轮手推车等；抗旱时用的手摇或脚踏水车、井吊；劳动时穿的草鞋、戴的斗笠、防雨的蓑衣等。

与这一切同时存在的还有用于各种制造业的作坊，例如南方最常见的当推"水碓"，其中包括作为动力机械的水轮机，舂米用的石臼，榨油用的复杂木制设备；纺织作坊里的纺织机、印染器械等；酿造作坊里的酿酒、制酱设备，纸坊里的造纸设备等以及家庭里常用的草鞋编织机、纳鞋底的锥子、制豆腐的推拉水磨机与磨面粉的石碾等等。

此外还有许多已经或正在向时代告别的日常生活用具，大的如锅台、水缸、水桶、便桶、兜床（一种有床架的双人床），小的如含灯草的青油灯、带玻璃罩的煤油灯、晚间出门提的灯笼、铜制的水烟壶，以及许多非物质遗产的物质载体，如婚嫁时抬的花轿、陪嫁的妆奁、演戏的戏台以及祭祀、敬神、驱魔以及民间娱乐形式如旱魃、傩戏等等所用的物件。

这些东西对于我们经历过的人来说，虽然想起来恍如隔世，却依然感到亲切，但对于现代的年轻人来讲，必定感到陌生和新鲜，仿佛是童话世界里的事物。然而如果把它们收集起来，展览出来，就构成一部看得见、摸得着的历史。它们真实地展现了在现代工业出现以前，我们的先人们是怎样劳动、生产和生活的，反映了他们在客观条件受到极大限制的旧时代为生存所表现的智慧、勤劳与毅力，也体现了他们与大自然更为亲近的关系，给后人以新的启示。对于这些遗产我们必须认真并且精心地加以合理继承、保存和保护，使其成为子孙后代的活的历史教材。对待这些有形的物件和非物质的载体的态度也是检验我们的文明程度的重要标志。

目前在我国农耕时代正在逝去，工业时代、信息时代正在到来。在这新旧交替时期，我国农耕时代的历史文化遗产正面临着严峻的时刻。由于他们大部分都遗存在民间首先是农村，容易被忽视，而且容易被建设所破坏。不难理解，每当我回到家乡农村，想重温一下以往我熟悉的上述遗存，却让人揪心地发现，它们越来越少了！有的如曾与村民生活休戚相关的水碓，那日日夜夜吱吱扭扭歌唱着的水轮机和榨油时发出的有力的撞击声，哪里也听不到见不着了！任何新建筑新景观唤起的一时的兴奋，也弥补不了这种失去精神家园的永恒的惆怅。我想凡是有家园情怀的人都会有这种同感吧。

西方发达国家工业化的时间比我们长，他们丢失精神家园比我们早，也比我们多，所以他们今天的痛悔也比我们深。所谓"后现代"思潮的产生可以有多种阐述，寻回被工业化、现代化丢失了的精神家园无疑是它发轫的背景之一。毫无疑问，他们各地都已建起了大小不等的民俗博物馆。这一意识目前在我国也已开始普遍觉醒，不少地方都已着手这样做。这一措施对文物显然有抢救性质。有鉴于此，我认为建立一个国家级的民俗博物馆，用来收集和保存这些民间的有形历史文物，为我们的子孙后代留住历史的记忆，增强他们的民族自豪感,已是刻不容缓的事情。

我国是一个幅员辽阔、民族众多的国家。各民族、各地域都有丰富而多彩的民俗文化。这一基础条件决定了我们的国家民俗博物馆有可能成为世界上收藏最壮观、色彩最斑斓的同类博物馆,她将与国家博物馆、国家图书馆、国家艺术陈列馆、国家大剧院以及故宫博物院等共同构成国家崇高的文化形象。

色彩的号令

号令一般属于声音，不管它叫你前进，还是迫你服从，你都必须行动。但活到古稀，才体验到，色彩也可以成为号令，也能让你身不由己地朝着它奔去。当然这不是指印象派画笔下的某种色块，而是大自然随着时令描绘的种种颜色，比如江南的油菜花。

笔者从小在乡村长大。尽管是江南，乡村一般说来还是比较贫穷的，尤其是以往。然而乡下人，尤其是江南的乡下人拥有一种大自然的赐予，即享受"视觉美"的特权（或许也可以叫做"天赋的权利"吧），我这里指的还不是那漫山遍野的苍松翠竹，或是那绿油油的秧苗，或是一片白色的荞麦花——这些自然景象固然令人赏心悦目，心旷神怡，但这类被美术家称为"冷色调"的色彩毕竟不能最大程度地唤起人们的兴奋情绪。而能起这种情绪煽动作用的，非借助于"暖色调"不可，那就非请"田野之骄子"——油菜花出场不可了！哦，勇于展现自己的油菜花，那么整齐那么热烈地争相绽放，以至所有的叶子都知趣地"躲"了起来，全株都是花的世界！她金灿灿，没有任何杂色参与；不含苞，坦然得无以复加。但她知道，自身朵小，瓣也不多，故不愿让人在盆里包养，而宁愿在广阔的田地里生长，以依靠群体的整齐和集群的威力，构成一色金灿灿的壮观的大美！

　　正是油菜花的这种壮观美常常使我梦魂牵绕。近年来因工作关系数度身临青海湖，恰逢那里的油菜花盛开（在8月上旬），一种久别重逢的喜悦令我心花怒放，重新拨动了我心中昔日的琴弦，一俟春天来临，便跃跃欲试，返回江南家乡，重睹油菜花的芳华。

　　我知道，江南的油菜花是上苍献给清明节的礼物，所

婺源的油菜花

以，除了闰月，油菜花通常总在清明节前后盛开，花期约一个星期左右。今年清明节，我终于下了决心，来到梦寐以求的油菜花之乡——江西婺源，尽情观赏了这一大自然的奇观。我去的具体地点是江湾镇。穿过镇上那条主要的商业街，沐浴着阵阵现炒茶叶的芳香，来到一道不高的山坡上，那是一处特地为游人开辟出来的简易观赏台，台沿以木头为栏。凭栏远眺，梯级的田野成了奔腾的彩浪，两旁远近更衬以古朴的村庄；村子的房舍亦高低错落，仿佛着意和着浪波的节奏，且行且舞。这使壮丽的自然景观沐浴在浓浓的人文氛围里，无形中增添了美的分量。不是吗，当你面对眼前景象，就不由得想起那些简衣素食的农人们，由于他们一年四季的辛勤劳作，随时改变着山川田野的面貌，使大自然无限丰富的色彩，随着季节一页一页地翻过。你看这些看起来十分简朴的山寨人，多么蕴有智慧，富有力量：辽阔的山川田野全凭他们的双手在打扮！

人们常说：一年四季在于春。当春天到来的时候，我们还在冬眠。尽管有很多的花争着向我们提醒：春来了，春来了。但它们的声音太小，不足以把我们唤醒。只有这漫山遍野的油菜花，以一律的金色，发出一个共同的声音：春来了！我们这才从床上一跃而起，张开双眼一看，哇，春天果然已在面前！怪不得，虽然常听说，洛阳的牡丹花多么绚丽，荷兰的君子兰多么壮观，然而它们仍不足以唤起我的激情，不远千里万里，专程飞往去拥抱它们。而当我听到油菜花的号令，我却毫不犹豫地这样做了！啊，油菜花，若是我拥有某种自然的权力，我就要授予你一个雅名：报春花！

这报春花乃是她的栽种者心中怒放的心花。农人一年的主要劳作是春种秋收。春天是他们播种希望的季节。当秋种春收的油菜花热烈绽放的时候，预示着春播的时令就要到了，人们心中燃起了希望！希望是人的本能，像树木的芽儿一样，是生命能量的自发释放。在希望的鼓舞下，人们憧憬着秋天累累的果实，并在对果实的追求中挥发出更多的汗水。如今这欢腾的油菜花正是他们内心的写照！

辑二

精神守望

赛珍珠的中国情结

尽管诺贝尔文学奖获得者的名单中只有十分之一的女性，而在这少量的女性中早就有赛珍珠这个中国式人名，但作为一个专业的西方文学研究者和中国文学的爱好者，我却从来没有把这位真正贯通中西的女文豪纳入自己的视野。每当想把目光转向她时，仿佛就听到一个有威力的声音在提醒：不值得关注！而由于这个声音的覆盖，我们几乎看不到她的作品被翻译出版，同行们写的有关史书中亦不见她的名字。于是许多人跟笔者一样，对她处于长久的无知状态。

人们都说庐山以多雾闻名，但恰恰是在庐山使我拨开眼前的迷雾，看到一个真实的赛珍珠。多亏庐山国际写作营的接待部门把我安排在"一号别墅"下榻，出了别墅院门，跨过马路便是一组专供游人参观的"老别墅故事"景区，其中就有赛珍珠的别墅。但头几天我不知道它的性质和内容，故未去问津。一天午饭后，我正要回宿舍休息，台湾诗人罗任玲女士问我要不要听听这里面的故事，其中还有赛珍珠的呢。这使我眼睛一亮，一种久违了的感觉，马上使我意识到：沈从文、张爱玲之后看来还有人被我们所忽略，应该赶紧把她拉近距离看一看。于是马上买了两张价格不菲的门票。

赛珍珠别墅位于这组别墅群的最后面，也是最高处。因此按照参观路线，我们最后才进入这幢房子。它坐南朝北，依山而建。故前面看去是二层，后面只有一层。近旁有一口水井，井下仍有水，只是废弃了。站在二层柱廊里朝北看去，发现它正好与我暂住的别墅位于同一条南北直线上，相距仅约150步之遥！原来这是身为传教士的赛珍珠父亲赛兆祥购置的一处私产。出生后3个月就被父亲带到中国的赛珍珠，从小就经常随父亲来庐山避暑或度假，"每年6月，当秧苗从旱地移栽到水田的时候，也就是去牯岭的时候了"。"牯岭"是庐山的主要小镇，这是刻在赛珍珠脑子里的难忘记忆。甚至她的初恋和第一次蜜月都是在这个蕴有深厚文化底蕴和世界级自然景观的圣地度过的。

展室里最令我感动的是那尊赛珍珠的蜡像：她正坐在一架旧式打字机旁打字，那种精神饱满，全身心投入的样子，立刻让人看出她正处于灵感泉涌、心潮澎湃的状态，恨不得借助这架机器把它们一口气倾泻出来。原来，在国内外她到过的名山胜水中，她尤其喜爱庐山，以致后来"我每到一个风景秀美的地方,总是不由自主地把它和庐山相比较"。1922年的夏天,她带着孩子又一次来到庐山。庐山那独有的景色和凉爽又一次撩拨着她的情怀,并在一天的下午终于冲开了她的才情的闸门,不由得郑重地向人宣布:"就从今天起,我要开始写作了。我终于要动笔了!"她的处女作《也说中国》就这样在这座石砌的小楼内诞生了,此后一发不可收。其实,这尊蜡像的情状,又何尝不是她一生写作精神的写照。不然,这位天生丽质、生活优裕的女性,尽管常在中美两国间来回奔波,尽管为独女的脑残备尝痛苦和艰辛,加上战乱的侵袭,她一生中怎么能写出116部(一说85部)著作,其中包括40来部长篇小说,大量中短篇小说和散文、戏剧、诗歌、政论等作品?这说明,她一生中几乎把可利用的精力都集中在精神世界的追求上,而没有把它消耗在一个美貌女人容易蹈入的物质享受和浮嚣生活之中。仅凭这一点,她就足以令人肃然起敬了。罗任玲女士显然看出了我的激动,命令我"站好",拍下了我与"赛珍珠"的合影。

在赛珍珠81岁的生命中,将近一半都是在中国度过的,而且都在她的前半生。这个生命阶段正是一个人形成他的精神气质、思想情操和基本人生观的决定性时期。你看,她时而安徽,时而江苏;在那里读书,在那里执教。正是这典型的江南水乡的水土，成为滋养她成长的乳汁和才思的源泉。而传导的中介，首先是她幼年的保姆，那位来自土地的农妇。她质朴而勤劳；贫穷却充满对生活的信心，在赛府一待就是18年！是她最先教会赛珍珠走路，学会中国话，用一个大地"保姆"的眼光教她看土地、看社会、看世界。

赛珍珠后来写道："我最初的有意识的记忆，就是关于它的人民和它的大好河山。"并讲过：世界上最美的人是中国人，最美的地方是中国农村的田野和村庄。直到回美国后，1938年在诺贝尔奖的奖台上她依然动情地说："假如我不为中国人讲话那就是不忠实于自己，因为中国人的生活这么多年来也就是我的生活。"这就不难理解，为什么她把中国称作她的"父国"，把美国称作她的"母国"。尽管她在"母国"生活的时间略长，但纵览她一生的创作，多半是以中国为题材的，她把关注点投在农村，更见出她的战略眼光，而且基调基本是健康的。尤其那部先后给她带来普利策奖和诺奖的代表作《大地》，其男女主人公并不是被贫穷和苦难压倒的消极形象，而是勤劳、节俭、没有丧失生活信心，甚至还奢望发迹为地主的进取者形象。因此该书乃至她的大部分作品，对众多的国外读者了解中国和中国人的生存状况起到了积极的作用。所以美国前总统尼克松曾称她为

"沟通东西方文明的人桥",这无疑是中肯之言。

可能我们有的人太执著于粉饰性描写了,对于真实性描写总爱用"丑化现实"的贬语相加。如果是一个"丑化"中国现实的作家,她对中国和中国人如何爱得起来?但赛珍珠即使回美国后依然回忆说:长大以后"无论我住在什么地方,我与中国人相处,都亲如同胞"。她还说过:"我不喜欢那些把中国人写得奇异而荒诞的著作,而我的最大愿望就是要使这个民族在我的书中,如同他们自己原来一样真实正确地出现。"而且她深信"中国是不可征服的",尤其当她看到中国人民众志成城、团结抗日的决心,她"感到从没有像现在这样钦佩中国"。她发表演讲,强烈声援中国的抗日战争,并四处募捐。即使到了晚年,她依然重申:"我一生到老,从童稚到少女到成年,都属于中国。"甚至在1972年,她想以记者的身份随尼克松访华的热烈要求遭到拒绝以后,仍然义无反顾地在自己设计的墓碑上只刻上"赛珍珠"三个汉字,以示她难以割舍的"父国"情结。

赛珍珠的作品被译成上百种文字,成为人类智慧的一部分。身为这样一位享誉世界的作家,她当然拥有发表独立见解的权利。她的某些声音不管我们爱听不爱听,都应得到尊重。因为我们不爱听,未必意味着人家不正确。其实我们以往"爱听"的某些事情,随着时间的推移不也一个个被我们自己否定了吗?须知,作为一个有传教士家庭背景的作家,她之所以放弃美国的优裕生活,而选择较贫穷的中国为其第二故乡,是以"博爱"的信念为支撑的。因此她的作品有许多是为儿童写的。而她把《水浒传》译成英文后,改名为《四海之内皆兄弟》。难怪早就想为赛珍珠"翻案"的已故诗人徐迟留下这样两句铭语:"她写得不比我们最好的作家差,但比我们最好的作家写得多得多。"他甚至称她为"我国的一位可敬又可亲的朋友",并追悔我们长期以来对她的"不够朋友"。切中肯綮!

在展室里流连忘返越久,心情越沉重,越愧疚。特别是想到这位可敬可亲的老人,当年以80岁高龄想回"父国"最后见一面而四处奔走终遭拒绝的时候,她该是多么不理解和难过啊。此后只过了一年她就患上癌症而永远离开我们了,而我们却一无所知!此刻我恨不得把展室里所有能买到的她的或关于她的书籍都一股脑儿买下来,以弥补此前对她的无知,并据此写下这篇短文,作为对她追补性的悼念。

学贯中西的一代宗师
——回忆冯至先生

20世纪中国的各类风云人物大多在19世纪末、20世纪初纷纷诞生,在这个风云榜中,我们很容易找到诗人兼学者冯至的位置。

作为诗人,他学生时代出版的抒情诗集《昨日之歌》与《北游及其他》就瞩目于诗坛,甚至被鲁迅誉为当代"中国最为杰出的抒情诗人",而后又以糅合中西某些诗歌风格的特点写成的《十四行集》散文集《山水》以及新中国成立后写的诗集《西郊集》《十年诗抄》《立斜阳集》、散文集《东欧杂记》等作品,屡屡博得文坛好评,晚年合乎逻辑地被选为中国作家协会副主席。作为学者,他曾先后出版专著《杜甫传》《论歌德》《德国文学史》和论文集《诗与遗产》等,并译有大量的歌德、席勒、海涅、里尔克、布莱希特等大诗人的作品,成为院系调整后的北京大学西方语言文学系的第一任系主任、中国科学院(1977年起分出中国社会科学院)第一批、也是唯一的一批学部委员之一和外国文学研究所的第一任所长(长达20年)。

冯至先生是"学贯中西"的一代宗师。他既有国学的扎实功底,又有西学的深厚造诣。他不但能用母语写出优美的诗歌、散文,而且具有过硬的古文基础,故他对中国古典文学也相当谙熟,尤对杜甫的研究卓有成就,以至拥有权威性的发言权。在德国留学的五年里,他不仅攻读了德国文学,而且也攻读了德国哲学。所以他关注的德国作家多是哲学味道较浓的诗人,除歌德、席勒、海涅外,他也关注带有"现代"特征的诗人们:诺瓦利斯(这是他的博士论文的研究对象)、荷尔德林、里尔克等。他翻译的上述古典名家的诗歌、散文和美学论著在我国拥有众多的读者;他翻译的里尔克《给一位青年诗人的九封信》最早向中国读者介绍了这位世界级的现代诗人,对中国现代诗歌的发展产生了深远影响。由于冯至先生在两个领域里的显著成就,他获得"双肩挑"的雅称。毫不意外,20世纪60年代初,中宣部在组织大学文科教材编写的时候,冯至以《中国文学史》与《欧洲文学史》总负责人的资格参与并领导这两部著作的编写工作。

冯至先生给我们留下的宝贵遗产除了他的大量作品与著述以外,还有他严谨的治学精神。凡是他自己确立的研究项

1980年作者陪冯至先生游杜甫草堂

目,他从来不从书本到书本,引经据典地生吞活剥,快速成文成书。而是依据自己丰富的创作实践和长期的生命体验,将自己的灵魂融入研究对象,做出令人感佩的解读和阐释。无论是他的中国文学研究的代表作《杜甫传》,抑或他的外国文学研究代表作《论歌德》,论篇幅都不长,各约15万字。但是它们的诞生过程都不短,尤其是《论歌德》,前后持续达40年!这不禁令人想起歌德的《浮士德》,前后写了60年。冯先生分明是用歌德写《浮士德》的精神来写《论歌德》了。无怪乎,当我收下他送来的这本书的时候,我一口气就把它读完了,觉得论者和作者字字句句都在进行着生动而深入的精神交流，读来令人刻骨铭心。难怪，有一次我表示希望他再写一部关于歌德的书，他断然说："够了。写得多有什么好！"的确，这部书几乎凝聚了他一生的精血，再写下去，就是"制造"篇幅了。

冯至先生恪守的治学原则是：知之为知之，不知为不知。这是他经常告诫后学的箴言，也是他用以律己的一句座右铭。他对研究对象和有关资料总是以彻底弄明白为前提，决不生吞活剥，人云亦云。有一次我编一部书，组织多人撰写十几位有代表性的现代主义作家，其中有关里尔克部分我约冯先生来担笔。他同意了。但到时候他未能交稿。我宽限一次后又宽限一次。最后一次去取稿时，他深表歉意地说："叶廷芳，我跟你说实话：里尔克的后期作品我并没有搞懂，所以不好写。"我听了深为感动，觉得先生在我国是以里尔克的最早介绍者而闻名的，如今却这样直率地在学生面前承认自己的欠缺。然而，想到出版社的频频催稿，我又十分焦急，就说："哎呀，冯先生，您太认真了。关于里尔克的资料那么多，您参考一下别人的就是了。"他不无激动地反驳说："别人写的那是别人的看法，诗这东西主要靠理解。人云亦云，那是问心有愧的！"这一回答掷地有声，深深震动着我的灵魂，觉得老先生这里所坚持的，正是我辈或后辈所缺乏的。作为昔日的老师，他在继续给我上课。在而后的治学生涯中，冯先生的这种一丝不苟的治学精神，时时都在警策着我。

冯至虽然掌握丰富的母语功力，但无论他的诗文或译作，从不生花妙笔，铺张辞藻，而是文如其人，朴实无华。在他的文字中很难找出多余的字句。他经常以这种精神教导我们后辈，尤其在撰写辞书的时候。他也把像他这样的同调者引为自己的精神知己。他曾赞扬布莱希特的文字"简练"得"几乎不能增减一字"。20世纪50年代，有一次他在东德文艺界朋友的陪同下去柏林的名人公墓扫墓。他带去一个花圈，原想献给著名诗人、原东德文化部部长贝歇尔的，但他发现，附近的布莱希特的墓碑，只是一块高约0.6米、底宽约0.4米的未经雕琢的三角形石头，上面只有贝托尔特·布莱希特德文名字，连个生卒年都没有。他激动不已，临时决定将这个花圈敬献在布莱希特的墓前。是的，布莱希特的文风乃至他的日常生活，包括他就在墓旁的住宅，就是这样简朴得不能再简朴了。

杨绛先生印象记

第一次见杨绛，是她的背影：上穿一件短袖衫，撑着一把小阳伞，刚刚走进哲学社会科学部（中国社科院前身）大院，往文学所的方向走去。只见她个儿中等，身材匀称，皮肤白皙，步履轻盈、端庄，是个名副其实的"窈窕淑女"。那是1964年夏天，我刚进外国文学所，当时该所正与文学所"分家"，杨绛归属外文所，所以后来就有许多机会见闻她的音容笑貌。她那时五十来岁，没有一般知识女性常有的矜持，见人总是和颜悦色，说话慢条斯理，举止温文尔雅。当时杨先生给我的印象，是个才貌双全的女子，又是个"文弱书生"。

但很快，"文革"一来就改变了我这个印象。那场突如其来的倾盆大雨迫使一个个所谓的"走资派"和"反动学术权威"低下他们高贵的头。面对一张张大字报的满篇不实之词，人们只能咽下痛苦的泪水，敢怒而不敢言。但在学部大院内却发生一起例外：一张"揭发""反动学术权威"钱锺书的大字报竟被另一位"资产阶级权威"提出质疑,她写了一张小字报贴在那张大字报的一角,对大字报中的不实之词进行澄清。此人不是别人,正是上述的"弱女子"杨绛。不用问,她的"胆大包天"不可能不受到惩罚。她马上被揪到本单位大会议室,与其他"牛鬼蛇神"一起示众。他们一个个被勒令低着头,出乎人们意外的是,偏偏杨绛拒绝服从,她满面怒容地昂着头!人们斥问她为什么如此顽固?她怒不可遏地跺着脚大喊:"就是不符合事实!就是不符合事实!……"那形象真像一头愤怒的猛狮。杨绛的这一大无畏之举,使在座的"革命群众"中的许多年长和年轻的同事心中引起共鸣或灵魂震撼。从此我对她刮目相看,觉得在她的柔弱的外表之内,蕴含着刚直不阿的精神情操和对丈夫的真挚、深厚的爱。这是与杨绛共事30余年来,她给我留下的第一个最深刻的印象。

学部当时被认为是"资产阶级知识分子成堆"的地方,是"中宣部阎王殿分殿",就是说它是个人人需要"脱胎换骨"的单位。在"走'五七'道路"的飓风席卷而来时,它被干脆利落地"一锅端"端到了河南信阳"五七"干校,连老弱病残者,甚至像俞平伯这样耄耋之年的大学者也不例外。干校学员原则上是自食其力的,所以盖房子、种庄稼、养猪、种菜，样样都得干。当然有分工，我与杨绛等八九个人被编在"菜园班"。菜园是需要日夜看守的，所以连部（一个所为一连）为我们的菜地里盖了个简陋的"窝棚"，夜间由邹荻帆（即《干校六记》中的"小邹"）、张振辉和我三人合住，白天则由杨绛单独看守。杨绛是个勤奋的学者，岂肯让时间白白流失？于是她就利用这个机会看书和写东西，写她每天的见闻和内心感受。其中相当部分是书信，它们的主要接收者是她最亲密的伴侣钱锺书先生。钱老当时是文学所"连队"的通讯员，每天往返于该连队与公社邮电所之间送信和取信。他每天所经之路与我们窝棚的最短距离不过百十来步，所以他每天都要顺便来窝棚看看妻子，谈谈心。这时候杨先生便把一天来写的信或稿子交给钱先生，以进行更深层的情感交流，真是"相濡以沫"。这一动人的情景持续了整整一年，直到1971年7月我们奉命迁到另一个"校址"为止。从"文革"初期为捍卫钱先生的人格尊严而挺身而出，到干校700多个日日夜夜的低声倾诉，充分表现了杨绛的崇高气节和对爱的执著。她与钱先生一生共度的可谓真正的银婚、金婚、钻石婚，堪称美好婚姻的楷模。

当时全国正开展清查"5.16"运动，学部被宣布为"'5.16'反革命阴谋集团的大本营"，学部的人就是奉命带着这个任务下干校的，逼供信、批斗会……弄得鸡飞狗叫，不少年轻人不堪迫害，含冤自尽，其中一个就埋在我们一块菜地的旁边。一天劳动休息时，大家正在地头聊天，忽然，只见杨先生若有所思地看着那个土堆，然后自言自语地说："这个坟头光秃秃的，什么覆盖的东西也没有，死者该多冷啊……"大家不禁愕然，对杨先生的这句话惊诧莫名，因为当时正值炎热的夏天。后来，直到学部"一锅端"回北京才知道，杨先生在北师大教书的女婿，她唯一的爱女的丈夫当时也在清查"5.16"运动中被迫害致死了！那一句话无疑是她触景伤情的流露。但在干校整整两年的过程中，她始终与大家有说有笑，一点也看不出是个精神上正遭受巨大打击、隐忍着巨大悲痛的人（无怪乎她跟钱先生有那么多写不完的信，这无疑是一种减轻内心隐痛的途径啊）。由于她平易近人，我们都喜欢称呼她"杨老太"（其实那时她才不过五十开外）。有一次我们跟她开玩笑，要她请大家吃西瓜。杨先生则笑嘻嘻却颇为认真地说："说心里话，我倒是很愿意请大家吃的呀，只是说不定什么时候又说我拉拢群众……"听她这话，我心里不禁涌起一阵酸楚，觉得像她这样年龄的人，毕竟比我们要多一重精神负担。

杨先生曾是清华大学研究生院的高材生，主修英国文学，也搞创作，"那时我们可真是'衣来伸手，饭来张口'，吃完饭就回宿舍看书"。难怪，她的学问有那么扎实的功底，不仅精通英文，掌握法文，而且汉语也很过硬。所以阅读她的译文，流利酣畅，很少有翻译的斧凿。在劳动休息的神聊中，我们才得知她这方面的个中奥秘："我翻译的时候，很少逐字逐句地翻，一般都要将几个甚至整段原文句子拆散，然后根据原文的精神，按照汉语的习惯重新加以组织。"这样的译法当然要费时费力多了。所以杨先生说："我翻译很慢，平均每天也不过500字左右。"她的这种严谨治学态度不禁让我们这些后生肃然起敬。

杨绛正在阅读作者送给她的著作《遍寻缪斯》

说到杨先生的翻译，不得不提起一个美谈：她的《堂吉诃德》翻译工程。尽管在这之前，即1959年，她的翻译成果已相当可观，但她远未满足，还决心博取一项新的、更大的阶段性成就，为此她选中了西班牙伟大作家塞凡提斯的这部代表作。这部杨先生极为喜爱的世界名著当时一直还没有直接从西班牙原文翻译的译本。为了攻下这一堡垒，年过半百的杨绛决心重新锻造武器：再学一门新的语言——西班牙语。经过近20年心血的付出，一部70万字的汉译本《堂吉诃德》终于在1978年以崭新的面貌问世了。它填补了我国西班牙语文学翻译的一个空白，受到西班牙国的高度评价，西班牙国王胡安·卡洛斯一世亲自向译者颁奖。这是我国文学翻译界少有的殊荣，译者受之无愧。

《干校六记》出版后，立即引起读书界的热烈反响。这本小书使我产生的惊讶程度不亚于作者当年在那次批斗会上的表现。它在好几个方面与相关情景形成巨大的反差。学部干校作为清查"'5.16'大本营"的基地，充满"阶级斗争"的腥风血雨。作为这场运动直接受害者的亲属，她内心承受着多么大的隐痛是不言而喻的，然而出现在《六记》里的学部干校却是个和平宁静的田园，作者对荒谬没有任何激动，对邪恶没有半句抗议，这与当年批斗会上的杨绛判若两人。这是一种美学追求——不让政治掺和艺术，还是一种艺术手法——以异常的"静"反衬出巨大的"动"？抑或是一种真的超脱和宽容？不管如何，她的亲密伴侣钱先生对此"不无异议"，他在为《六记》写的序言里不得不把那场人为的"阶级斗争"指了出来，并加以严正的谴责。

然而，杨先生给我最强烈的印象还是近些年，即钱先生住院以来。钱先生的最后住院意味着这一对贤达而恩爱的伉俪终于要分手了！这对于年迈的杨先生来说，无疑是极为凄楚的事情。不过这毕竟是自然法则所使然，杨先生自然是有心理准备的。万万没有想到，其间又遭受一个意外的更大的打击：她和钱先生唯一的后代，刚满花甲的钱瑗教授患了不治之症，这不啻是雪上加霜！在爱女和丈夫相继去世后，我们真担心，她一个人如何能经受得了这样的打击！唯恐她身体会顶不住，甚至精神会搞垮。然而，在亲人去世之后，她依然健康地、顽强地与命运搏击着，仿佛把丈夫、女儿以及自己的智慧和情操统统凝聚成一种不可摧毁的精神力量，任何命运的袭击都不能把她击倒！这发生在一个"文弱书生"的女子身上，真是一个奇迹。

杨绛，不愧是伟大的女性！

温馨的忘年交
——忆赵萝蕤先生

赵萝蕤教授生前是我的师长，也是我的朋友。与她诀别已经十余年了！但她的音容笑貌仍不时闯进我的脑海和梦境，它们令我温馨，也让我悲伤。如再不写点什么，它们就会在我心中形成块垒，难以排遣。

一

我与赵萝蕤先生的认识始于1960年初秋。

那一年的新学期开始，北大西语系主任冯至先生根据中宣部要求加强外国文学教学的指示，对西方文学教研室进行调整和扩充，为此我和英、德、法专业的个别同学被提前一年毕业，留在这个教研室当助教。

那时外国文学教研室的中心工作除教学外，是编写《欧洲文学史》，分别由杨周翰、吴达元和赵萝蕤三位教授担任主编，冯至则受中宣部委托同时主管《欧洲文学史》和《中国文学史》这两项编写工作。赵萝蕤先生当年不到五十，她在不惑之年就已是二级教授（当时的正教授分三级），这个级别的女教授当时全国只有两名（另一名是山东大学的冯沅君，冯友兰的妹妹）。处于初创阶段，当时教研室务虚会很多。这时我发现，在教授行列中，一位面貌端正、仪态雍容、举止优雅的唯一女性总是静静地听着，很少说话。那时我对她一无所知，连她的名字都不知道。于是一次会后就主动去向她自我介绍，以便慢慢认识她。没想到，她第一句话就是："我一看你就是个浙江人！"口气中带点赞扬的味道。于是我就趁势说："看来您也是浙江人啰？""当然嘛，不然我怎么会一猜就中呢！"我的心情很快轻松起来。在知道了她是湖州人以后，我说："那就是说，'我住长江头，君住长江尾'。"她抛出"哈哈哈哈……"一串笑声，说："原来我们'同饮一江水'啊！"于是我们一下子俨然成了"同乡"了！赵先生很为浙江自豪，说："国内外就我到过的地方而言，浙江作为一条江是最美的，而富春江则是浙江最美的身段！"我就问："看来，您爱人也肯定是浙江人吧？"她说："你猜对了！"接着我很快知道，她爱人就是大名鼎鼎的诗人和考古学家陈梦家先生。

我原本只想寒暄一下，没想到第一次接触就谈得那么投机,那么愉快。听说她年轻时曾是燕京大学的有名才女,而且是校花。但一点也看不出一般漂亮女人常见的骄矜。那年她48岁,正好大我一倍。我们的忘年交就这样开始了。那时她在学校的宿舍是未名湖畔一字排开的德、才、均、备四座教师楼的均斋(后迁备斋),我住德斋,相距很近。她希望我有空就去聊聊,我也高兴那样做。因为作为师辈,无论学问,还是生活阅历,她都比我丰富得多,这是多么好的学习机会!此外,我们还有两个共同的业余爱好:诗歌和音乐。而这两方面她也是我理想的师长。我经常写一些不像样的诗请她指教,每次她都和我一起推敲和修改,并告诫我:不要只顾写,也要多看别人的作品。但不要步人家的后尘,要有自己独到的思考和个性化的语言;与别人雷同就是失败。我想,她的经验自然也包括了部分梦家先生的经验,对此格外珍视。可惜我只有诗情,而缺乏诗才,故最终成不了气候。但赵先生年轻时就是诗人,现在是英美诗歌的研究专家,不但善于翻译,也喜欢朗诵。而且,由于家教,她的中国古典文学的功底也扎实。在彼此感兴趣的话题谈完的时候,她就朗诵英文诗歌给我听。她那么讲究诗的音步、音调和音韵,即使你听不懂内容,也能感觉得到那种音乐的美。通过她的朗诵,进一步激发了我阅读英美诗歌的欲望,尤其是拜伦、雪莱、朗佛罗、惠特曼等等。自然，她也经常让我用德文朗诵她熟悉的那些德国名诗给她听，比如歌德的《野玫瑰》、海涅的《萝蕾莱》和《菩提树》等等都是她指名的。正好这些诗都被谱上了名曲，我便一一唱给她听。唱《菩提树》的时候，她是跟着我摇头摆尾一起哼的。然后她说："这些曲子久经考验，最大限度地挖掘出了诗歌中的美；但朗诵本身也是一门艺术，成功的朗诵也能增添诗歌中蕴含的美。"接着她在朗诵雪莱《解放了的普罗米修斯》的一个片段后，让我用原文朗诵歌德的名作《普罗米修斯》。听完后，她连连说："好听，好听——包括你的嗓音也好听！"我说："赵先生，您得给我指点呀！"她说："指点？我哪敢！你的导师是冯至啊！"周围的人都知道赵萝蕤先生的英文诗朗诵得好，虽然当时在一片批判资产阶级学术思想的声浪中老教师（按年龄她还是中年；但按留过洋的知识背景她已被划入"老教师"的队伍了）已不那么吃香了，但西语系的青年教师还是以团支部生活扩大会的名义举办过一次晚会，专门请赵萝蕤先生讲诗朗诵。她的演讲和示范表演获得了一片掌声。

在音乐方面我们也是谈得比较多的。但我的爱好主要是声乐，而她则侧重于器乐，尤其是西方的交响乐和钢琴曲。因她弹得一手好钢琴，所以经常谈起肖邦，认为肖邦的魅力是"忧郁与欢乐相交织"。对于德奥两大巨头，莫扎特和贝多芬，她更喜欢后者。她认为莫扎特的乐曲固然很典雅，很优美，但"多少带点孩子气"。而贝多芬的作品"既有柔美、轻快，更有雄浑、沉郁，有时如万马奔腾"。其他如勃拉姆斯、李斯特、舒曼和柴可夫斯基也在她的兴趣范围。啊，我想，这位表面宁静、端庄的女性，内心里装的却是浪漫主义激情。难怪她在文学研究和翻译中多半都跟浪漫主义诗人打交道。

北大校园很大，赵先生发现我没有自行车，就说："我借给你一辆自行车吧！这是我从英国买的一辆女车，很好骑的，很轻。"我说那你自己呢？她说："我年纪大了，不喜欢骑车。"当她知道我没有无线电收音机时，又说："把我这台拿去用吧，一个音乐爱好者没有收音机怎么行！"我说："那怎么行，你自己没有了！"她说："我家里有呀！而且我本来就想买一台新的，体积更小，技术更先进。"她一开始就直呼我的名字，我仿佛听到儿时我母亲喊我的声音。但母亲在我七岁时就去世了，那久久失去了的母爱，如今仿佛在这位师辈面前得到了某种补偿，感到无比温馨！

二

赵先生经常谈诗论诗，却从不提及她身边的大诗人陈梦家。有一天我问："陈先生近来诗写得多吗？"她淡淡地说："早就不写了！新中国成立以来不是一直在搞考古嘛。"便不想多谈了。我赶紧把话题岔开。后来我带着疑惑向别人打听。原来陈先生1957年也上了"阳谋"的当，倒了霉！而且赵先生也因此精神受到严重的刺激，住过院。我的心情一下沉重起来。想：原来她心里装的不只是浪漫主义激情，更有不堪流露的隐痛。那么我往来于均斋、备斋的走动就不应该单纯为了学习，还有义不容辞的义务哩。

有一天我煞有介事地说："人们经常批评'新月派'不革命，搞'为艺术而艺术'，但是，一个社会如果只有'重音乐'而没有'轻音乐'，人们受得了吗？"赵先生带着揶揄的口气说："看来你还想替他们翻案？"我说："我哪有这个能耐！但'新月派'有那么多才子型诗人，是值得重视的，所以我很想见见陈先生。"她说："那好啊，我本来想请你去我家里坐坐，我请你吃我们浙江人爱吃的霉干菜煮红烧肉。"接着她马上告诉我她家的地址：东四附近的钱粮胡同19号。

钱粮胡同19号不是四合院，却是名副其实的深宅大院：

进门后一位中年保姆领我穿过一条长长的甬道,往左拐几步则是横向长方形天井,再往右走十几步才进入大门(这是很少见的旧式住宅结构)。进屋后又很深……只见一个五十来岁的男子,侧身坐在一张四方桌旁的条凳上,左腿勾起,光脚板搁在凳子上:他在抠脚丫子。见我进去,他把脸转向我,只见他眼睛大大,两腮塌陷,直咧着嘴笑。我心想:莫非这就是陈梦家?怪不得有"不修边幅"之说。我问了声"陈先生好!"他只是点了点头,仍不停止他那个不雅的动作,直到赵先生出来向他介绍后,他才开始跟我寒暄。赵先生领我大致看了看他们的整个住宅,除了"深"和"大",还应加上"古":古旧的梁柱,古式的家具,古雅的字画。可惜当时太缺乏文物意识,没有向陈先生请教一下这座房子和其中的陈列品的年代与故事。后来知道陈先生也是明代文物专家,收藏了大量贵重的明代家具,想必我那时所见的就是他的收藏的一部分吧。吃饭时,赵先生兑现了她的霉干菜煮红烧肉,说这道菜是她特地让阿姨为我烧的,务必多吃。陈先生非常随和、亲切,是个典型的"性情中人"。但他对什么话题都只是轻轻一笑,表情淡然。我看出,他的心是悲凉的,而我这个陌生的年轻人显然不可能使它得到抚慰。幸好他问到一些无关紧要的有关我的家乡衢州的逸事,才使我们有了较多的话题。

后来我至少还去了一趟钱粮胡同19号。但再后来就无缘了：它被公家征用，赵先生则搬到更近市中心的美术馆后街22号，和她父母与弟弟住在一起。那是一座典型的北京大型四合院，宽大的院子，花木扶疏，还有一座很气派的朝南的院门和照壁。后来知道，这也是陈先生用稿费购置的明代建筑。她父母住在东屋，第一次去时，赵先生先领我拜访她的父母。他父亲即享誉海内外的神学教授赵紫宸，原燕京大学神学系主任；文学造诣也很深，曾任东南大学教务长和文学院院长。那时他已八十开外，高高的个儿，一头梳理得很整齐的银发，留着花白的髭须，正坐在案头整理什么文稿。见到我时，他转过身来，微笑着点了点头，然后示意让我到客厅就座。接着她母亲近前与我寒暄。这是个显然年轻时很俊秀的老人，和蔼、亲切，而且依然耳聪目明。

正屋由她弟弟赵景心夫妇居住，萝蕤先生则住在西屋。这次去时，我已经从北大调到今天的社科院外文所，宿舍就在单位内，自行车就没有多大必要了，因而就顺便还给了赵先生。她说："自行车你不那么需要了，还给我，我就收下，正好有一个亲戚也想用。但那台收音机你就不必还我了，因为我不想去北大住了，而家里已有一台新的。不过你那台旧的也不要轻易报废，它的木质音箱共鸣效果很好。"我也久久舍不得放弃，一直使用到80年代末有了组合音响为止。

"文革"前还去了一趟美术馆后街22号，她的老母仍笑盈盈地把我引进赵先生的住处。那间仅十一二平方米的房间既是她的卧室，又是会客室。一条彩色而素雅的床罩覆盖着那张暗示主人寂寞生活的单人床，紧挨着床头右侧摆着一张五屉柜，她的宝贝新式收音机则放在枕后的床台上。剩下的有限空间真的成了主客间"促膝谈心"之所。门厅里放了几个书架和一架钢琴，她不喜欢在那里接待客人，可能她觉得在卧室里更温馨些吧，足见她待人的真诚。这也是她长期在学校单身宿舍居住养成的习惯。这段时间我们谈得较多的是当时广受欢迎的几位歌唱家：李光曦、周小燕、刘淑芳、俞淑珍、张权、楼乾贵、李双江、胡松华、马玉涛等。我们都为李光曦几年内顺利拿下《欧根·奥涅金》和《货郎与小姐》等这些世界有名的歌剧而称赞，也为楼乾贵和张权1957年的遭遇而惋惜。我们还谈到了吕远创作歌曲的个性特色，谈到了吕文科独唱艺术的独特魅力。这类话题我们都谈得很投合。适逢她的诗歌译作《哈依瓦撒之歌》（朗弗罗）新版问世，她签名送了我一本。她的工整、漂亮的钢笔字就像她的人那样端端正正。

三

这之后我就去江西"四清"了，一年后回来时"文革"已爆发。在一片"造反"声中我很担心赵先生的处境。经打听，还好，学生们对这位与世无争的老师没有找麻烦。但等我"大串联"几个月回来后，还是传来了令我大惊失色的消息：赵先生的终身伴侣陈梦家先生因不堪迫害，愤然辞世了！这对赵先生的精神打击可想而知：她的旧病复发了，被送进了精神病院。我很想去看她，但又不敢。我想，医院里的她肯定变成另一个赵萝蕤了，它会毁掉我心目中那个温柔敦厚的赵萝蕤！几年后等我从"五七干校"回来，听说赵先生健康已基本恢复，我赶紧又去美术馆后街22号看望她。但这座四合院已经变得不太完整了：正门已不属于它，之间被一垛墙壁拦断；在对着中医研究院那面西墙开了个入口，门临大街；她原来住的西屋已被不相识的人占住。只见赵紫宸老先生在被缩小了的院子里认真地绕步行走，据说每天要坚持走六七十圈，作为抗老的锻炼。她的母亲依然满面笑容把我引进屋里。赵先生不得不住在弟弟的家里。弟弟赵景心先生当时是北京外贸学院的教师，以好客闻名，所以碗橱里摆满了一套一套很像样的杯盘碗盏。赵先生留我吃晚饭，又让保姆做了霉干菜煮红烧肉，显然她自己也很爱吃这道菜。她晚饭后的第一件事就是看中央电视台的新闻联播，尤其是最后5分钟的国际新闻一天都不肯错过，并抱怨5分钟太短了："这么大的世界，每天有多少新闻啊！5分钟怎么够呢？"她说她现在主要是听听音乐，书看得很少。因此她对收音机的质量和性能很讲究，不在乎价钱。音乐仍是我们交谈中的话题之一。但她不谈"文革"中的遭遇，也从不提陈梦家的名字。我便当作一无所知，只字不谈"文革"，也避谈反右。我发现她左边的嘴角有时会微微抽动一下，说话还是容易兴奋，她自己有时也意识到了，当场打开药瓶服药。这时我赶紧接着说话，当作没有看见。

她的神采奕奕的母亲见到我总是热情寒暄，询问家常。后来赵先生向我透露一个秘密："你知道吗，我妈妈可喜欢你了，说：'要是我还有一个小女儿，我一定要把她嫁给他！'"我很感动地说："老人家的这句话让我既温馨，又遗憾，会让我做很多既温馨又遗憾的梦。"后来老人家以91岁的高龄（1977年）去世了，赵先生特地写信通知我，并着重嘱告："出殡那天你一定要和我们一起把她送到八宝山呀，她可真的说过那句话的啊！"于是我欣然作为他们家虚拟的家属的一员，一起向老人家做最后告别，并把她送到她安息的地方。每当我想起这位慈爱的老人的时候，总是怀着敬佩之情；她一生养育的三男一女个个都那么才华出众，而又不事张扬，说明她的家教是很成功的。

四

"文革"后尤其是改革开放后，赵萝蕤先生简直判若两人：健谈。每次见到情绪都很高昂，侃侃而谈。许多她过去从未说过的话，现在也敢说了！显然，这些话她压抑得太久了，现在痛快地统统把它们宣泄出来！我终于明白，难怪她过去开会时总不爱发言，难怪我们过去交谈时她的话题从不涉及政治，也不涉及任何令她痛苦的事情。我非常高兴，庆幸她终于挣脱了精神枷锁，获得了思想解放，像是看到了一个新生的赵萝蕤。于是我们谈论文学时，再也不仅仅在现实主义、浪漫主义的范围内打转，我们谈得更多、更感兴趣的是现代主义！那时我正在研究现代主义代表性小说家卡夫卡，她非常感兴趣，问这问那，并一再嘱我如写了或译了什么，一定要告诉她，给她看。这时我才知道，她年轻时就是以研究和翻译现代主义文学开始她的学术生涯的：她的博士论文写的是美国现代主义作家亨利·篆姆斯——意识流理论创始人威廉·篆姆斯的弟弟；她早在30年代就翻译了诗歌中最具现代主义特征的T. S. 艾略特的代表作《荒原》。众所周知，赵萝蕤翻译的这部难度极大的长诗成了我国现代主义诗歌的经典译作。

正是在这种昂扬情绪的支配下，一天她突然给我寄来一封信（那时一般人都没有电话），说要选个日期邀请我和夫人及孩子一起"下馆子"。结果我们在宽街的一家当时堪称"高级饭馆"里相聚。看到我的家小，她很是开心，不时笑声朗朗。她特别喜欢我们的女孩。这时我心里不禁产生一种遗憾：赵先生没有生育过孩子！一个孤寡老人，怎么能不寂寞？于是我干脆把我的心里话说了出来："赵先生那么喜欢孩子，那就领一个婴儿养养吧。俗话说'有奶便是娘'，长大了一样亲。"她听了马上说："那算我的儿子还是孙子呀——哈哈哈哈。"停了一会儿她又说："这年头，想养也养不起啰。过去我每月拿280元工资（这是新中国建立后资深教授的薪酬），总觉得怎么花也花不完。可现在呢，还是这么多钱，很快就花完了，老觉得捉襟见肘！"

"文革"后过了好多年，占住她西屋的那户人家终于搬走了！赵先生又搬回了老地方，并按原来的模样恢复。她被驱逐了那么多年，却对"入侵者"没有说过任何怨言，而当聊天偶尔涉及这方面话题时，她则带着同情的口气说："人家毕竟比我们还困难嘛！这又算不上大房子！"过了几年，赵景心先生让姐姐拿出两万块钱，替她请人把房子简单装修了一下，尤其是厕所里终于有了点现代气息。从此门厅也变成客厅了。就是在这里，我第一次见到赵先生在美国的低班老同学巫宁坤教授。巫教授是解放初赵先生担任燕大系主任期间把他从美国请回来的，不料院系调整时被调到了天津，而且五七年倒了霉，为此赵先生久久内疚不已，甚至痛哭过。

不久，她在美国的弟弟赵景德携家眷回国探亲，她特地把她的弟弟介绍给我。只见他穿着一件束腰的咖啡色皮夹克，右手夹着一摞书，至少一米八五的魁梧身材，显得格外健康、精神，声音洪亮。但没有说上几句他就匆匆走了。这时赵先生自豪地对我说，她弟弟是当前美国航天技术四大专家之一，所以忙得很。接着她拿出一部厚厚的新版英文字典，说这是刚随父亲回国探亲的侄子送的。但她很过意不去，说他还没有就业啊，必定是拿自己的零花钱买的。我说，这您就不必心疼了，他父亲总还宽裕的吧。她马上说："哦，你错了！美国人对子女是非常严格的，对成年的孩子是不随便给钱的，像两家人一样！"

由于陈梦家跟徐志摩的关系，赵先生与徐志摩后来的夫人陆小曼也有来往。她认为陆小曼对徐志摩的评价不太公允："陆小曼说在中国，诗写得最好的是徐志摩。这个评价我认为不够客观，我相信很多人都不会赞同。徐志摩是个被写进文学史的人物，评价应该冷静、科学，不能让感情淹没观点。"她对陆小曼在生活方面也有所批评，认为她不应该常和徐志摩吵架，而且还抽大烟。

五

大概是20世纪80年代后期吧，她征求我意见："一家出版社约我翻译惠特曼，但我很犯难，因为李光鉴（我的同事）已经在译了。"我说："文学翻译和科技翻译是不一样的，各有各的水平和风貌，是不怕重译的。您和李各有各的优势，是值得译的。"后来出乎我意料，她竟然一口气把《惠特曼全集》译完了，而且受到广泛好评，这成为她翻译事业的又一座丰碑。而这期间她从未放松教学，她几乎每年都带有两名博士生。难怪，《惠特曼全集》出版后，《纽约时报》在头版发表了长篇报道，高度赞扬她对中国教育和翻译事业的贡献。

又过了一些时候，已经是90年代初了吧，我刚从德国回来，谈到一些德国和欧洲的见闻与感想。她很感兴趣，并颇为感慨地说："现在时代过得真快啊！"我于是赶紧劝她："现在我国学术界对外交流很频繁，赵先生从美国回来那么多年了,您应该去美国或英国看看呀!"她说:"咳,我这人向来喜欢平静,何况我现在已经老了!"约过了一两年,她来信说:"果然去了一趟美国,感想良多。"我立即去看她,一进门(这次她也是在门厅里接待我的),她就拿出一张英文报纸,说:"你看,像我这样普通的学者去美国访问,他们竟然在《纽约时报》头版报道,而且用了那么大的篇幅!"我一看,真的占了右边的整个半版!我说:"这才叫'尊重知识,尊重人才'呀!我还听叶君健讲过,他去瑞典访问,瑞典的报纸也在头版头条用大量篇幅、照片报道。"她说:"可在我头脑里,只有国家总统或政府首脑才有资格享有这样的新闻待遇呀!"我说:"可能久而久之我们自己也异化了,我们自己都看不起自己,总觉得政治家天经地义要高过学者一头!"她"哈哈哈哈……"一阵笑声,说:"你用'异化'研究卡夫卡,怎么研究到我们自己头上来了?"

她急于想告诉我的另一条重要新闻是:"时代真的进步了!"她说:"我从美国回来时,最大的担心是要经过日本和香港转两趟飞机。尽管我弟弟一再强调:'姐姐,你放心走吧,转机的一切手续我都给你办好了。'可是我心里总是不踏实。想不到在日本刚走出飞机,真的有一张轮椅等在门口，问：'您是赵太太吗？'但我仍担心，到香港还会不会有这个待遇呢？结果仍然是这句亲切的问话迎接我。但我又担心，北京恐怕还做不到这一步吧？我们跟世界接轨还没有这么快吧？结果依然是'您是赵太太吗？'，呵呵，时代进步得真快啊！"

想不到这最后一句话成了赵萝蕤先生与我深交近40年的诀别语。因为此后一连几年，虽然我时时都想去看她，但由于种种原因越来越忙，一直抽不出时间，而且总以为她是长寿型的身体，见她的机会还会很多。想不到1998年的一天，突然传来噩耗，而那时我偏偏正在上海出差！等我赶回北京时，她的后事已经办完了！留下永久的内疚和遗憾。但她生前的音容笑貌会永远留在我心中，相信也会留在很多人的心中。

他步入了自己建造的天堂
——悼史铁生

2010年的最后一个早晨，接到的第一个电话却是一个意想不到的噩耗：我的晚辈老朋友史铁生因患脑溢血突然病故！我一时懵了，半天说不出话来！自结识铁生近20年来，几乎每年春节前后都要去看望他。鉴于再过4天（1月4号）就是他的花甲大寿了，拟在元旦期间前去祝贺。真没想到他这样匆匆地就离开了我们！怎能不令人格外悲痛和遗憾。

铁生这一生过得很沉重，但也活得很尊严，很充实。他曾不止一次遭到命运的残酷袭击，一再被命运推入了地狱，他也一再奋起和命运进行了勇猛的搏斗，一再把命运击退，最后成了我们时代的强者，成了一名优秀的作家和作家队伍中少有的思想者，从而受到广大读者的喜爱和崇敬。

铁生原本有壮实的体格，很高的天赋，却生不逢时，在清华附中还没有读完初中，就被那股"接受再教育"的浪潮席卷到延安农村"插队"。凭着青少年的单纯与时代氛

2009年作者等人看望史铁生

围,他并不拒绝这样的"教育"。谁想到正当他青春焕发的年龄会祸从天降:一场病魔的突袭使他的下肢截瘫了!这时他才21岁,从此他终身与轮椅为伴!就像当年贝多芬发生耳聋时一度情绪低沉,甚至给亲属写下遗书那样,还没有掌握任何谋生手段的史铁生也避免不了这一心路历程,就在他与地坛相依相伴、忧伤、落寞的那些岁月里,死神就曾企图靠近他。但恰恰是这一时刻,成为史铁生命运的转捩点,就是说他在与死神的对话中,对生与死的问题进行了深层次的哲学思考,并且得出结论:人生的价值在于超越那种低层次的生物欲望,升华到高层次的精神追求。这时我们从史铁生那里仿佛听到当年贝多芬那一声惊天动地的怒吼："我要扼住命运的咽喉，不让他毁灭我！"于是残疾"知青"史铁生遁入历史的帷幕，而作家史铁生则呱呱坠地了！从此书写成了他的职业，不，使命！他让书写忠实记录着他的每一个难忘的记忆和严肃的思考。由于当年他插队的真诚，"使后来的写作获益匪浅"，"那些艰苦而欢乐的插队生活却总是萦绕在我心中"，使他所写的内容总是那些"从心中流出来的东西"，因而具有格外感人的力量。无怪乎他的早期作品诸如《我与地坛》《我那遥远的清平湾》等一问世，马上就引起热烈的反响，使他一举成名。

然而命运一直对他穷追不舍，用他自己的话说："恶浪一直在他脑际咆哮"。就在他顺利地写出第一批出色的散文和短篇小说以后不久，一个更大的浪头打了过来：令人骇然的尿毒症！且不说医生的那句咒语：此病若治疗得当最多可活20年！而所谓治疗，每三天一次的透析，只是手术后的第一天身体稍感轻松，可以写写东西。可第二、第三天则越来越难受。然而就在这样恶劣的境遇中，铁生依然顽强地坚持写作，至2006年和2007年先后出版了两部重要的长篇小说，即《我的丁一之旅》和《务虚笔记》。而这两部著作都是思考型的、较抽象的作品。它们没有像前面提及的他的散文和短篇小说那样好评如潮,但这并不说明它们不够档次,恰恰相反,是中国当代的文学评论家普遍够不上它们的档次,人们只能望而却步,或浅尝辄止,或且战且退。这不奇怪,试想,我们队伍中有谁像书中的"我"那样,对于当代人的生存境况,对于生命的真谛尤其是"生"与"死"这个永恒的命题,进行过这样锲而不舍的追问?有谁像此书的作者那样,在形而下的地狱深处滚了一次又一次,在死亡的边缘走了一圈又一圈,从而在形而上的境界跃上一层又一层?难怪铁生批评"中国文坛的悲哀常在于……作家的危机感多停留在社会层面上,对人本的困境太少觉察",他们"从不问灵魂在黑夜里怎样号啕"。这里涉及的实际上是现代哲人们,首先是存在哲学的思想家们所关注的主题,即个体生命的存在形式和过程。

但与致力于"阐述"这个过程的存在哲学家的书写方式不同,史铁生的书写特点是"描述"这个过程。而在描述他的思考过程方面,他追求一种"有意味的形式",一种可意会而不可言传的况味。因此他不把他的思考过程写得一清二楚,明白无误,而是躲躲闪闪、似有若无、似是而非,造成一种猜谜式的审美效应。用他自己的话说:"叙事的浑浊,况味的甜美"。怪不得他抱怨有的爱揭谜底的心理分析评论家,"这样发展下去人还有什么谜可猜呢?而无谜可猜的世界才真正是一个可怕的世界呢"。就像存在哲学家们大多善于将玄奥的哲学思考化为书写的审美游戏,史铁生也热心于将他的生命伦理的思辨编织成猜谜式的"好玩"。可以说,"谜语效应"乃是史铁生长篇小说的主要美学特征和艺术魅力之所在。有的读者、乃至批评家一见"晦涩"就不肯细心琢磨,弃书而去,不免可惜了!

纵观史铁生的一生,用得着尼采的那句名言:只有经历过地狱磨难的人才有建造天堂的力量。这句话在卡夫卡那里也引起回响:只有那来自地狱深处的声音才是最美妙的歌声。史铁生在创作上取得的非同凡响的成就,正是他用生命建造成的天堂。让我们列队护送他步入这庄严的、象征精神财富的天堂吧。

吴冠中的精神操守

吴冠中先生离开我们已几年了,但仍让我悲痛不已,追思不尽。近30年来,虽然直接接触不算多,但学术、文化和美学观点的交流,通过文章、电话和书信的交流一直在进行,彼此都很信任和融洽,也算得上忘年交了。

吴先生的艺术人生,除去他的学习阶段,可从1950年他回国时算起,至逝世恰好一个甲子。这一个甲子大致可分为两个阶段,即前30年和后30年。前30年是他追求、磨难和探索的30年;后30年则是他成熟、创造和升华的30年。

吴先生出生于江苏宜兴乡村的一个农民家庭。旧中国的农村一般来说是贫穷的、落后的、丑陋的。但正如我国一句民谚所说:"家贫不嫌母丑"。童年时代的农村印象留在吴先生的记忆中永远是美好的。他始终忘不了那纯朴的、善于吃苦耐劳的劳动者,那美丽的田园和山水,甚至还有那只知吃草、不知劳累的耕牛。这一段"人之初"的经历,为他植下了"画不断江南人家"的水乡情结,成为他后来深厚的人文情怀和浓烈的祖国之恋的最初根苗，也是他的丰富的审美思维的不绝源泉。

吴先生首先值得我们景仰和学习的是他追求真理的精神和勇气。

解放初，他毅然告别良好的生活和创作条件以及同窗好友，回来参与自己祖国的复兴事业。他满以为自己学得的油画这一艺术品种是祖国还比较稀缺的；他掌握的现代艺术观念也是有利于推动国内艺术创作的。不想他归不逢时，迎接他的不是笑脸和掌声，而是一瓢又一瓢冷水。什么"形式主义堡垒"，什么"西方资产阶级艺术思想"……劈头盖脸的批判、辱骂和歧视，他因此被排挤出中国美术的最高学府。在而后的劳动锻炼期间，继续被批判，被诋毁。本来，如若他想要避免这样一种遭遇也不难，他只要表示接受批评，"改邪归正"，一心搞浅薄的"现实主义"，肤浅的民族化、大众化那一套，也是不难获得安宁的——就像多数人所做的那样。然而倔强的吴冠中就是痴心不改，他不认为讲形式就是"形式主义"，讲现代就是"崇洋媚外"。他知道，他的心是属于祖国的，他的情是维系人民的，所以他也不对抗，凡是批判中有合理的成分，他也认真听取和吸取，比如关于民族化问题，关于艺术来源于生活问题。他清楚，最好的回答不是对抗或争论，而是在艺术实践中去认真探索。于是，他几十年如一日，不顾劳累，跋山涉水，风餐露宿，为了找到最佳的写生角度，他往往围绕一个自然对象，上下左右不断观察，反复比较，真是"搜尽奇山打草稿"（石涛）。在农村没有画架，便用粪筐来代替。为了让画好的画幅不致损坏，他宁可把火车上的座位让给画框，自己从广州一直站到北京。真是"舍命陪君子"啊！

其次，应该学习他的艺术探索和创新精神。

大家知道，一部人类的艺术史，就是一部不断推陈出新的历史。然而我们中国的艺术家，由于深受封建统治者"天不变，道亦不变"的影响，养成了一种"纵向承袭"的惯性思维，除个别特例外，一般人都习惯于重复前人的成就，革新和超越意识是相当薄弱的。纵观我们的绘画、雕塑和建筑，在形式和风格上更新换代的痕迹是很淡的。吴先生在西方学到了油画这门新的艺术形式，但他并不想照搬它，而一心要让它与本土的艺术相嫁接，使它为本国观众更容易接受，从而成为本民族艺术的一部分。果然，他在石涛那里找到了精神的共振点。石涛的"古人之须眉不能长我之眉目"，"无法之法乃为至法"的观点，与他一拍即合。他认为石涛的"直觉说"就是中国的"表现主义论"，他从此

"背叛"了吸过其奶的印象派,而"投奔"了石涛。这意味着,他开始重视水墨,而又不抛弃油画的基本理念,从而开始了他的民族化方向的探索。

应该说,在那个年代,探索民族化的人是很多的。但取得吴冠中这样成就的人却绝无仅有。奥秘在哪里呢?就在于他在民族性中成功地注入了现代性,具体说,就是赋予水墨以某种抽象的形式,这种形式由于线条、色彩与空间的恰到好处的配置而产生一种慑服人的美感。正如他自己所说:"也许是我的职业病吧,我是经常地、随时随地地以探寻形式美的目光来观察自然的。无论是一群杂树,一堆碴石,或是漩涡,或是投影……只要其中有美感,我总是要千方百计挖掘出来为我所用,他们往往成为我构图画面中的主角。"为此,他"偏爱形式与色彩的真实生动,又不满足局限于一隅的小家碧玉,渴望在写生中采纳'移花接木''移山倒海'"。难怪他画的《黄土高原》那样虎虎有生气,像是无数生命在奔腾:它们乍看像是虎,再看却不是;《长江三峡》雄伟而险峻,一看非常面熟,再看却又非我所见者也!这种似是而非就是艺术的魅力。

吴先生在探寻艺术形式美的奥秘的过程中,他还不倦地问津别的艺术门类,比如摄影,比如戏曲。尤其是后者,旦角中他"偏爱赵燕侠",须生中他"偏爱周信芳",看他们的戏"场场不放过"。为此即使经常深夜排队买票,他也乐此不疲。无怪乎,我们在观赏他的《白桦树》《邂逅》《播》《残荷新柳》《世纪新雪》《宏村》《红楼》等画幅时,总是那样流连忘返。它们综合了多门艺术的要素,凝聚了作者多少智慧和心血啊!

第三,是他的开阔的视野。

进入老境的吴冠中先生,出现在我们印象中的并不是一个身体衰弱、反应迟钝的老者形象,相反,是一个思维敏捷、观点新锐而清晰、敢言敢说、朝气蓬勃的艺术先锋的形

作者与吴冠中先生在清华大学美术学院热烈交谈

象。吴先生的禀赋中包含着艺术家、文学家与思想者的统一体,这个统一体在他的晚年升华出一系列美学思想的火花,它们石破天惊,常常拨亮我们的美学盲点,刺激我们的思维惰性。而在他的一束束思想火花中,贯穿始终的主题音响是反保守,反传统,求创新,求变革。例如,他曾观点鲜明地说:"有出息的民族不怕断掉旧衣钵,应创造新时代的新衣钵。"并不无愤慨地指出:"有些人在嚷嚷固守传统,空话,废话,爱国姿态,其实误国。"一针见血!大家知道,艺术作品的灵魂是思想。没有思想的作品,技术再好,不过是个躯壳,"慧眼远比巧手更重要",于是他提出警告:"笔墨等于零!"相信大家都知道,现代艺术家都以重复为耻,因为重复是匠人的习性,而创造才是艺术家的本色。上面说过,我们中国人容易因袭前人旧规行事。吴冠中先生回顾中国的绘画史如鲠在喉,几年前他终于一吐为快,说:中国的传统绘画"百分之九十都是重复之作"!真是振聋发聩!我认为吴先生此言切中肯綮。如果说,1912年康定斯基的《艺术前精神》的问世,被人誉为西方的"现代艺术启示录",那么100年后的今天,吴冠中先生晚年的一系列著作和言论的发表,堪称中国的"现代艺术启示录"!因为此前我国艺术界还没有其他人发表过如此震撼人心、引起广泛社会反响的同类言论。

第四,是他对艺术的"殉情"精神。

吴冠中先生认为,"真正的从艺者应皆是殉情人"。此亦中肯之言。一个真正忠诚于自己事业的人,往往都是他的事业的痴迷者,他只知他所效劳的"独此一家,别无分店"。笔者多年研究卡夫卡,深知他是现代艺术的探险者,又是这门艺术的殉情者。他笔下的女歌手约瑟芬为了在艺术上"拿到那放在最高处的桂冠",不惜"榨干身上不利于艺术的一切"。卡夫卡自己为了使自己的写作艺术"达到最高境界",也不惜抛弃"一个男子生之欢乐所需要的一切"。吴先生年轻时一接触到杭州艺专就"疯狂地爱上了艺术",此后他多次用了"疯狂"的字眼来形容他对艺术的态度。确实,如果不是对艺术的"疯狂",他怎么可能在一次长江流域的写生过程中居然一连43天忘了换裤子;如果不是把自己的终身许给了艺术,以他的身份,他怎么会甘心直到晚年依然居住在那套连一个大一点的画室都容不下的局促的房子里?前面提到他对牛的感情,恐怕也是由于对牛的所需简单、唯耕是从的一种精神共鸣吧。

悼文物专家罗哲文

罗哲文先生正当米寿之年,还没来得及向他说句祝贺的话,他却按照自然法则的要求,不得不匆匆走了,一代杰出匠师就这样与我们永远诀别了!多么令人悲痛与怅然。

我脑子里不断浮现出一幕幕他活跃在文物保护第一线的动人的身影。尤其难忘的是十余年前我们一起出差沈阳,住在由原市委招待所改成的花园别墅式的宾馆里,为了享受一下室外优美的环境,早晨我特地提前半小时起床。想不到一出门就发现,年逾古稀的罗先生早已在院子里提前"上班"了!只见他举着一台偌大的相机,忽前忽后忽东忽西在挪动步子,聚精会神地在选择角度,调整焦距,一张一张把这些有年头的洋式别墅拍摄下来,作为资料保存,虽然这并不属于我们这次出差的活动内容。完了他还主动向我解释:为什么这个距离不合适,那个角度更恰当等等,给我意外上了一堂业余摄影课,深感老人的和蔼与热情。

于是每天早餐时,我总是喜欢跟他坐在一桌,以便有更

多机会向他请教。尽管在个别问题上我并不赞同他的观点，但我认定一条：这是我国不可多得的、对文物保护赤胆忠心的老专家，是学问渊博、诲人不倦的师长，是待人诚恳、和蔼可亲的朋友。就是在具体的文物保护问题上，我们也有更多的相同点，例如我们曾通过媒体一起呼吁保护

罗哲文先生

襄阳的一段古城墙；我们曾共同签名参加南京的"文物保卫战"……每当这种时候，一种类似"战友"的感情油然而生。

自20世纪初开始，随着国门的打开，"西学东渐"来势凶猛，建筑也不例外。这固然有它的必然性，却带着很大的被迫性：中国的木构建筑作为农耕时代的产物，几千年来少有变化，在遇到随着新的生产力而诞生的西方现代型建筑的时候，意味着她已经走完了历史的进程，面临着理念和形态

的转型。

但我们的建筑却还没有从自身孕育出这种蜕变的新胚胎。中国的木构建筑无论在技术还是艺术上讲，都是世界上无与伦比的，难道我们能让这样宝贵的民族文化遗产湮没在外来建筑之中？具有远见卓识的梁思成先生，首先看到了这一问题的紧迫性。他从西方学成回国，不是首先致力于现代建筑，而是抢救祖国建筑遗产。为此他于1940年创办了具有历史意义的中国营造学社，并吸收罗哲文先生为第一批弟子。

幸运的罗先生从此在梁思成和刘敦桢两位大师的亲自指点下，在抗日战争的艰险条件下，东藏西躲但斗志昂扬地进行保护祖国文化遗产的开拓性工作。新中国成立以后他始终和梁先生站在同一条战线上，先是作为专家，后作为领导，全力投入艰巨的文物保护工作，尤其为保护中华民族最值得自豪的伟大文化遗产——万里长城耗费了毕生的精力。

梁思成先生去世以后，罗哲文先生接过了导师的旗帜，在文物保护战线上继续发挥着一般人无法替代的作用。尤其在一些作为国家行为的重大事件上，诸如先后四批国家历史文化名城的确定、中国加入巴黎文物保护国际公约的决策、中国申报"世遗"项目的确定等等，罗先生都起了重要的推动作用。上世纪90年代以来，由于我国建设规模的不断扩大，与文物保护发生尖锐的冲突，已是耄耋之年的罗哲文先生，依然风尘仆仆，不辞疲劳地奔走于大江南北，实在令人感动。

罗先生同时也是一位勤奋的学者。他从大量的文物保护的实践活动中积累了丰富的第一手资料，再辅以相关的书本知识的补充和理论思维的梳理，分门别类地写出了一本又一本具有学术价值的著作。它们涉及中国建筑领域的各个门类，从宫廷、别苑、陵墓到桥、塔、寺、祠、观等，且图文并茂，丰富多彩。

鉴于罗先生一生的卓越贡献，2010年他与我国另一位功勋卓著的文物保护专家谢辰生先生双双获得国家授予的"终身成就奖"，可谓实至名归。

大写的"世界公民"
——为纪念歌德、席勒诞辰而作

2009年恰好是德国文学史上的"双子星座"——歌德和席勒分别诞生260周年和250周年。我们之所以要把这两位文学巨匠合在一起来纪念,主要是因为他们生前有过十年的亲密合作,而这十年他们以古希腊罗马文学为精神导向的创作成就,把德国文学推向顶峰,从而使德国跻身欧洲文学大国的行列。而他们如恩格斯说的"在多才多艺和学识渊博"方面所表现出来的能力,也使德国开始有了"文艺复兴"式的巨人。他们

歌德

在合作中所表现出的把"文人相轻"变为"文人相亲"的人格魅力也成为文学史上的美谈。

但如果要问这两个不同年龄、不同身份的人能够如此亲密地走到一起，其最内在的精神纽带是什么？笔者的回答是：人！是他们对人的完满精神人格铸造的热情。

欧洲"文艺复兴"运动一个重要标志，是人在"神"面前的觉醒。人是"宇宙的精华，万物的灵长"（莎士比亚），可以说是那个时代人文主义思潮的集中概括。这一传统自然也为德国"狂飙突进"运动的主将歌德和席勒所继承。席勒的戏剧、诗歌创作特别是他的美学著作无不涉及人的问题。歌德更是明确强调，他写的不是哪一国的人，而是"彻头彻尾的人"。两人都为创造人格完美的"完人"（All-Mensch）而不遗余力。

但他们对于艺术中完人的追求，与其说出于美学的需要，毋宁说由于现实的刺激。历史上德意志是一个长期四分五裂的民族。这一现实造成国民生态的鄙陋。当时的情况诚如恩格斯所说："一个卑鄙的、奴颜婢膝的、可怜的商人习气渗透了全体人民。"所以歌德在一首诗里宣称：他要"解放"德国民众"于市侩罗网之中"。从时间上看，则刚刚爆发的法国大革命的暴力嗜杀是两位诗人结盟的直接触发剂。

直到晚年歌德还深恶痛绝地对艾克曼说："我憎恨那些暴力颠覆的人，同样我也憎恨那些招致暴力颠覆的人。"从前一种人中他们看到了人的原始情感中的"兽性"成分，从后一种人中他们看到了"颓废"和"堕落"（席勒语）。这使歌德和席勒意识到提高人的精神素质的必要性和紧迫性。

目标已经有了，途径呢？经过了十余年的"狂飙突进"运动，两位天才年轻时的激情都已得到释放，刚刚兴起的德国浪漫派运动他们并无意参加。以改造国民的精神人格和重建德意志文学为己任的两位巨人，早在1786—1787年就分别在《伊菲杰尼在陶里斯》和《唐·卡洛斯》中已经初露端倪的心中两个情结很快清晰起来：一个是未来的"人"的模样，一个是未来的艺术的模样。两个模样都需要有一个精神坐标，需要一个形式的参照。为此他们不约而同地把目光转向欧洲文化的源头——古希腊、古罗马。这里曾经孕育了人类最早的自由精神和民主雏形，这里曾经创造了后来在全欧洲乃至世界发扬光大的文学和艺术。

"问渠哪得清如许，为有源头活水来"（朱熹）。古希腊"源头"的"活水"，就是那无与伦比的艺术原创精神。那种自由而又有节度，高雅而又不失素朴，宏伟与凝重保持平衡，热情与理性互相协调，一切都显得那么自然、健康、庄重、和谐。歌德曾在意大利考察了近两年，对古代艺术早就迷狂不已。席勒对古希腊的向往，早在1789年的著名长诗《艺术家们》中就已经发表了纲领性的宣言，如："人啊，唯有你才拥有艺术！"什么样的艺术呢？在另一处他写道："你伟大，因为你温柔敦厚。"可见歌德和席勒是把希腊的古典美看做未来人性美的蓝图的。

歌德比席勒多活了27个年头，他对"人"的思考和研究还要长久而深入，体验还要丰富和深刻。他的许多重要作品无不涉及人的问题。而凡是跟"人"有关的作品，他从不向壁虚构，都要融进自己的生命体验。他说凡是他没有经历过的东西，他从来就不用写诗来表达。他甚至坦言，他创作的戏剧《塔索》是他的"骨中骨，肉中肉"。难怪歌德的两部生命力作《威廉·迈斯特》和《浮士德》，一部花了33年，另一部甚至花了60年！文章全做在"人"的身上。如果说，前者着重铸造的是"世界公民"的化身，后者就是人类的代表。

歌德对人的最集中、最深层的思考无疑体现在《浮士德》中。此书直到作者去世前不久才完稿。不是因为技术上的难产，实在是歌德把自己当做了主人公的隐形"模特儿"。"模特儿"不走完生命的全程，《浮士德》的生命是不会诞生的。这是个"完人"的标本，也是人类精神发展的隐喻，具有极高的审美价值和认识价值。书中强调"行"即实践的重要性；它告诉我们人类追求的无限性；它向我们揭示了人或人类的发展是在"善"与"恶"的矛盾交织中辩证发展的；它也告诉我们，一种完满的精神人格必须有丰富的生命体验等等。

席勒对完美人格的构想侧重在审美和伦理的层面，并将它们与政治学、社会学、人类学相联系。从国内外现实中他看到当今的人类处于两种堕落的极端，即上层阶级的"颓废"和下层阶级的"野蛮"。在这种情况下，一个国家即使实现了政治、经济的革命，但因其国民内在的精神空间没有达到一定的自由度，它还是不能建立起自由与和谐的社会。为此他主张从审美教育和道德驯化入手。对于前者，他提出了将"感性冲动"和"形式冲动"结合起来，使之变为"游戏冲动"的主张。当我们摆脱了任何内在与外在的压力去做一件自己高兴做的事情时，我们就获得了"游戏冲动"。在这基础上，席勒说："说到底，只有当人是完全意义上的人时，他才游戏；只有当人游戏时，他才完全是人。"

但席勒同时认为，美属于感性范畴，它是溶解性的，一个人光有美的意识，他容易变得精神松弛、懈怠。因此席勒提出一个属于理性范畴的概念即"崇高"，因"崇高"是振奋性的，它可以超越感性的界限，平衡一味的美而导致的精神松懈。席勒用他这一刚柔相济的美学思想作为他的审美教育理论是科学的，它可以引导一个人走向更高的精神境界，成为内外"温柔敦厚"的人。它与歌德的主张相得益彰，都通向一个"大写的人"。

席勒早在年轻时就发出这样的豪言："法律只会把我压缩在女人的紧身衣里，让我像蜗牛般爬行……只有雄鹰才能造就英雄和巨人。"志向高远，放眼世界，以"世界公民"的身份，站在时代的制高点，以人类的整体利益和长远利益作为观察问题的出发点，这是歌德和席勒的共同特点。我们从歌德对德国的交战国——法国——"心中恨不起来"，并表示对法国文化学习得还不够；从他对东方国家文学和文化的赞赏和对"世界文学"的提倡等等，可以看到他的"世界公民"的博大胸怀。至于席勒，单凭他那首欢呼世界人民和平友好的、如今已经响彻世界每个角落的"欢乐颂"就足以获得最大的"世界公民"的荣誉证书。由于他们高瞻远瞩，在当时就发现了现在才引起知识精英们注意的所谓"现代性"的弊端——像席勒的《审美教育书简》的现代价值就受到哈贝马斯的高度评价。不难理解，歌德和席勒所设计和铸造的"完人"具有跨时空的前瞻性和经典性，而且具有普适性和现代性。这是一种现代型的"世界公民"，值得大写。

追问存在
——关于卡夫卡

20世纪以前的奥地利文学一直都包含在"德国文学"的概念之内。这个国土仅有8万平方公里、人口至今也只有700多万的小国，虽然历史上也出过一些较有名的作家，但整个儿说，它似乎并不想在这方面另立门户，与人分庭抗礼。但自20世纪起，在欧洲风起云涌的现代主义思潮中，为数可观的一批世界级的文学大师（艺术也如此）却在这个国家如奇峰突起。其数量不仅超过毗邻而且同母语的大国——德国，而且超过世界上的任何国家。卡夫卡、穆齐尔、里尔克、霍夫曼斯塔尔、施尼茨勒、卡奈蒂、耶利内克、汉德克……哪一个不令世界瞩目？而其中卡夫卡（1883—1924）甚至被称为这整个时代的"文学之父"。

除了美学上的时代因素外，产生这一现象的根本原因，在于他们所赖以生长的社会历史环境，具体说是奥匈帝国这一特定的社会状况。关于这一观点，笔者在很多场合已不止一次叙言，此不赘述。对于卡夫卡这一个案来说，其有别于上述其他人的独特之处，是他的犹太人身份和非正宗奥地利的故乡——布拉格。于是，政治的、社会的、民族的，显然还有地域的等等这诸多因素，挤压出，也可以说造就成卡夫卡的睿智思维和奇谲性格，反传统的美学变革时代则促使了他"从文学外走进了文学内"，从而让时代拥有了他不同凡响的艺术特征和美学风范。

由于上述原因，卡夫卡似乎生来就严肃对待世界，时刻"审察世界"，焦急地思考着现代人类社会出现的种种异常现象——主要是哲学家们所谓的"异化"现象，并急欲向世界敲起警钟。无怪乎，卡夫卡在中学时代就说："上帝不让我写，但我偏要写"，因为"时代鞭打"着他，使他"内心充斥着一个庞大的世界"，不通过文学手段将它引发出来，它就要被"撕裂"！这样，文学首先是他表达他的存在的切身体验、宣泄他的内心情绪的手段，是他生命燃烧的方式和过程，而不是当作家的阶梯或博取名誉与金钱的敲门砖。因此他始终都是作为一名"恪尽职守"的公司雇员同时又是一位竭尽全力的业余作者而存在的。这一特点使他的写作，不管什么体裁和题材，都具有了真正意义上的"真实性"，一种刻骨铭心的生存体验。不然，他何至于只拥有41岁的天年？

卡夫卡几乎没有写过诗歌和戏剧，但他的表达方式还是多种多样的，除了想象性的散文即小说外，他还写了为数不少的随笔、箴言、杂感、速记、游记以及大量的书信、日记等。而由于他的写作态度十分严肃，这些东西都写得极为认真。和小说一样，它们不仅具有文学价值，而且也具有美学价值，特别是哲学内涵。

卡夫卡的生长年代正值欧洲的存在主义哲学思潮广为传播，而且猛烈地浸润文学的时期。作为这一思潮的创始人克尔恺郭尔及其扛鼎人物尼采都对卡夫卡产生直接影响。存在主义注重个体生命的价值和人的具体生存处境。这引起卡夫卡的强烈共鸣，以致初次接触克尔恺郭尔的著作后即激动不已，宣称"犹如朋友谈心"般的亲切。尼采的以强力意志抗衡生存环境的思想对卡夫卡精神人格的形成也起了有力的促进作用，卡夫卡那"不可摧毁"的精神内核就带有尼采精神的回响。此外尼采的悲剧美学也融入了卡夫卡的创作，所以有人把尼采视为卡夫卡的"精神祖先"。难怪在卡夫卡死后的走红过程中，早在20世纪40年代初，首先像发现新大陆似的发现了卡夫卡的，不是别人，是"无神论"存在主义的代表人物萨特和加缪。卡夫卡诚然不是哲学家或理论家，但他对于世界的陌生感，对于生存的恐惧感，对于自我的负罪感，对于人类文明发展的悖谬感等等这些切身感受，与存在哲学家们从理论上阐述的现象是一致的。这就是为什么20世纪西方先后出现的众多文学流派中，凡是那些与存在主义沾边或根本就是以存在主义为背景的流派，诸如表现主义、超现实主义、荒诞派、新小说派、黑色幽默等等，无不与卡夫卡攀亲结缘。这也是卡夫卡的作品至今在世界各地依然方兴未艾的重要原因。

这一哲学背景决定了卡夫卡的思维特点：悖谬。这是一个哲学概念，也是一个美学术语。而无论前者还是后者，对于阅读和理解卡夫卡的著作尤其是随笔是极为重要的。在他的随笔作品中，凡是箴言、杂感、断想、内心笔记等，其悖谬思维一般都属于哲学范畴；幽默速记、小品等则属于美学层面。当然，如果是后者，那就是一种染上了痛苦的美了！悖谬，即逻辑发展的自相矛盾或互相抵消。卡夫卡经常通过这种思维方式来表达他所面对的现实的尴尬处境。在他看来这也是人类存在的普遍境况。为此，他先后用了"八本八开本笔记簿"来随时记录他的此类断想或风趣小故事。此外，他的朋友勃罗德后来在整理他的遗稿的时候，还发现了许多他用来记录这类文字的零散的篇页，说明他的思想总是在不停地转悠着这些问题。除了这类文字以外，卡夫卡的书信、日记文学性和可读性也是很强的，某些也可以当做随笔来读，所以也选了小部分编入这个集子。如果说，卡夫卡那大量的断编残简能够让我们窥见他的形而上的紧张思考和独特见解，那么他的书信日记则可以让我们品味他的丰富的情感世界和沛然文采。

自从19世纪下半叶西方现代主义思潮兴起以来，哲学强有力地打入了文学，也可以说是双方自觉的"联姻"。通过卡夫卡，读者对西方现代文学的这一重要现象，特别是存在主义对文学的浸润会获得较深的印象。

精神守望的坐标
——读周国平的《善良·丰富·高贵》

周国平的《善良·丰富·高贵》（以下简称《善良》）延续了他一贯的精神守望的立场，而书名所点明的这三项精神价值，则标出了他的精神守望的坐标。

从欧洲看，哲学家大体上有两类：一类如康德、黑格尔，通过大部头著作构建庞大的体系，阐述形而上的问题；另一类如培根和蒙田，以短论或随笔的体裁对社会和自然的各类现象发表见解，并每每注入哲思，不时放射思想闪光，从而取得"哲理散文"的品格。周国平当属于后一类。他不满足于从书本到书本，搞那种研究的研究，于是从那个强大的学院式营垒中逃离出来，听从"真性情"的命令进行写作。这样的逃离当然要付出一定的代价，包括某些头衔、奖牌之类。好在这在他的价值观中不值分文。

但周国平的逃离对于当前悖谬式发展的中国社会却是个福祉。由于海啸般的物质浪潮很快把毫无设防的精神堤坝冲得稀里哗啦，许多精神缺钙的骨质疏松者纷纷倒下。社会正需要越来越多的作为人生真谛阐释者的学者成为这一颓势的抗衡者和维护正常人文生态的精神守望者。周国平的哲理散文正是适应我们这个时代之需应运而生的，正如作者在本书序言里所说的：书中之所以比以往有较多的篇章"关注社会上正在发生的'时事'"，首先"是我自己有话要说"。这里所说的"时事"，就是目前上下都在关注的"民生问题"和文化、教育、娱乐界的精神生态问题。对于涉及大多数老百姓的切身利益的重大社会问题，听不到知识精英们的声音，这种"缺席"与"失职"并无二致，人家有足够的理由把你跟"象牙塔"联系起来。因此我十分赞赏周国平的上述态度，这也是当年萨特所提倡的"介入"态度。

物质是维护人的生存的基础。但在获得温饱条件的前提下，物质追求与精神追求，对于人生孰主孰次？物质享受与精神享受孰贵孰贱？这一辩驳是贯穿在《善良》中的主要音响。在这部新作中，作者调动了古今中外一些顶尖级的哲学大师，让他们一起来发问并回答：人生的意义是什么？他还为我们勾勒了几位古希腊哲学先贤如赫拉克利特、苏格拉底、第欧根尼，展现他们怎样鄙弃物质生活，以思考自由、精神洒脱为荣为乐，读来真是可歌可泣。特别是名垂千古的苏格拉底,为了维护他的思考成果,决不向为了"观点"而要他脑袋的庸众们申辩、求饶,甘以宝贵的生命换取精神和人格的高贵。作者所援引的哲学大师们无不强调精神优于物质的高贵性,它是维护人的生存价值和尊严的基本条件。因此周国平告诫青年学生:一种有意义的人生应该是始终处于"思考状态"的,这是哲学的本义。他不止一次引用西方圣哲苏格拉底的那句名言:"未经省察的人生没有价值。"是的,一个懂得经常省察自己的人不会是个没有出息的人。那么一个国家或民族呢?周国平说:"一个民族也应该如此,唯有具备深刻的反省精神,才能保持其机体的活力和健康。"

维护教育、学术健康是周国平近年来关注社会精神生态的一个重要方面。在市场经济冲击下,高收费、乱收费、争名校、争升学率等等使家长和孩子的压力不堪其负;研究生扩招使研究生成了导师的打工仔;课题申报、学术评估乃至院士评审都成了公关的热门……人文精神是教育阵地固有的灵魂,如今受到巨大的挑战。于是我们的"介入"学者周国平受到良知的驱策,不得不赶赴这一领域,发出一阵叫停的呐喊。他指出了目前我国的教育体制和"孩子的成长环境"中的弊端和问题。作者认为:"对于一个学者来说,学术既是个人的精神家园,又是他对于社会负有的精神使命,二者的统一是他的特殊幸运。"

　　周国平这部著作的内容相当广泛，涉及的都是读书界所关心的问题。他思考这些问题时所确立的"善良、丰富、高贵"六字坐标，值得人们进一步深思。

地狱和天堂

地狱和天堂，谁都知道，那是宗教的用语。但他们也常常出现在无神论者的口头中或笔头下，那是作为某种境遇的描述，或某种欲望的譬喻，再不就是作为某种咒语和颂词。

在基督教的典籍中，地狱是极端恶劣的场所，充满着恐怖和摧残。这种情形在中世纪末期意大利诗人但丁的伟大三部曲《神曲》的《地狱篇》里有着极为生动形象的描写。天堂则正好相反，它在《圣经》里是超凡的"极乐世界"，是精神的最高统治者上帝所在的地方；在我国的道教教义中则是神仙居住的场所，谓之曰："仙境"。

笔者是无神论者，谈论这两个概念自然只有在无神论的语境下展开。按照无神论或者唯物论的观点，宗教意义上的这两极的概念是不存在的。但它们确实反映了俗世人生的两种决然相反的生存状态，或短暂经历的两种完全不同的境遇。有的人一生中生活富足、备受关爱、万事顺利、无忧无虑，我们说他"过着天堂般的生活"。有的人则一生中穷愁潦倒、祸不单行、拼命挣扎，我们就说"他的处境有如地狱"。但这两种境况有时仅仅是现象，实际并非如此；有的人看上去他幸福无比，事实上他忧愁满腹。你看《红楼梦》里那个"老佛爷"该是"快活似神仙"了吧？殊不知她有时也慨叹"大有大的难处"。可见，幸福是一种感觉，而不是表象或外观。处于现实人际关系中的人，尽管看起来大富大贵，真正有"天堂"感觉的人几乎是没有的，有也是很短暂的。同样道理，有的人你看他好像生活在地狱里，但他自己的感觉并非如此：几十年的跌打滚爬，他已经习惯了，不然，生活条件很低下的2000年前或今天的边远地区就没有幸福的人了！因此毫不奇怪，恰恰是某些看起来大富大贵的人，或者因家庭不和，或者怕坏事败露，其内心正经受着地狱的煎熬。

但人的地狱或天堂的处境并不是固定不变的，所谓"天有不测风云"这一成语就绝妙地道出了人生的变化无常。在历史上，有多少人突然从地狱升到了天堂，又有多少人从天堂掉入了地狱！

天堂与地狱的另一种位置互易出于辩证法则，生活在"天堂"里的人，或者娇生惯养，染尽恶习；或者好逸恶劳，精神萎靡，久而久之，天堂的优越条件被他消耗殆尽，成了"破落户的飘零子弟"。这正应验了我国那句有名的古语："福兮祸所伏"。而有一种生活在"地狱"里的人，经历了种种肉体和精神的磨难，尝尽人生的甜酸苦辣，体悟出人生的真谛，懂得了如何缔造真正的人生，成了拥有真实力量的"大写的人"，可谓"祸兮福所倚"了。这令我想起两位外国智者的话，一位是哲学大国里的尼采说的，大意是：只有经历过地狱磨难的人才有建造天堂的力量；一位是奥地利作家卡夫卡说的："那从地狱深处发出的声音乃是最美的声音"。不愧是大家，分别以短短一句话就把天堂与地狱的辩证关系表述得如此透彻！真乃至理名言。

一个人处于逆境的时候，更能激发出他的潜在的能量，这就叫"置之死地而后生"（也是我国古人说的）。这是被无数实践的事例证明了的真理。且不说司马迁、孙膑等这些2000多年前的古人，在经受了酷刑和牢狱之灾以后，怎样忍受着巨大的屈辱，分别写出了千古绝唱《史记》和《孙子兵法》；也不说"文艺复兴"时期的伽利略、布鲁诺等这些外国人，如何在遭受宗教裁判所的多年迫害以后，更加坚定他们的科学信念：还是地球围着太阳转！就在我们的同时代人中扫描一下吧，先看看那些受到命运袭击以后，手脚被捆住的人，怎样书写他们灿烂的人生。科学家霍金不但腿不能走路，手不能自由动作，甚至头也抬不起来，话也说不清楚。然而，恰恰是他，发现了一个惊人的天文奇观：宇宙的黑洞。尽管有争议，还是得到天文界普遍的赞同。墨西哥女画家弗里达，天生美丽，却命途多舛，本来就自幼小儿麻痹，18岁又遭车祸打击，脊椎破碎，在此后几十年中接受了几十次手术，临终前还不得不截去一条腿，真是地狱般的灾难了。然而这并没有阻碍她成为一个出色的画家和有理想的共产主义者，一个传奇式的人物。有关她的文艺作品——小说、戏剧、舞蹈、电影、传记等不胜枚举。这两位奇人，其生活磨难的程度和战胜障碍的毅力是成正比的，常人却是无法想象的。好像他们身上有两个自我，一个——命运——被恶魔死命地往地狱最深处拽拉；一个——智慧——奋力地向天堂奔突。这种极端的事例当然是个别的，但苦难经历与创造意志在一个人身上的反差现象却是普遍的。这就是为什么几经战乱的民族，其性格都比较刚强。政治上受过委屈、社会上受过压抑、生活上受过煎熬的人，其思想往往比一般人要深邃。

　　生命科学告诉我们，一个在通常情况下生活的人，一生中其智力才开发出百分之十。其余的就有赖于你的超常刻苦了。而人大多都有天生的惰性，只有在外力逼迫的情况下，才会超常地吃苦。在职业练球场上，你几乎要趴下了，但在教练的严厉口令下，你含泪也得起来再拼。这样，你的汗水比常人无疑要流得多得多，但别人没有开发出来的潜力被你开发出来了！这就是"严师出高徒"的道理。

人生道路往往不是一帆风顺的。但只要把"地狱"与"天堂"作为一个辩证的统一体带在身上，就有了防身的武器。这样，失败会成为成功之母，苦难会孕育成大器，绝处有可能逢生。上世纪80年代末，我的女儿赴欧洲学习，须业余打工度日。开始人生地不熟，找工作颇困难，电话里她哭了。但我却笑了，我说："这好啊！你在家里什么时候这么哭过？可不哭你怎么懂得人生？"于是我把上面提到的尼采的那句话送给她。回国后，每当她谈起出国初期那段艰难岁月时，她非常感谢我，说："爸爸，你送给我的那句话真是'及时雨'啊！我精神一下就振作起来了。"

圆明园不可复制

我与圆明园有着非同寻常的情结。它在我心中的形成,已有50多个春秋了!这可以说是上天赐予的缘分。青年时代,我在北大生活了8年。由于圆明园与北大仅一墙之隔,她成了我经常光顾的"近水楼台":那时爱好歌咏,常常在清晨跑着步来到这里,来到这空旷而寂寞的田野,扯开喉咙"吊嗓门",一声一声地重复,好像一心要把这片沉睡的大地唤醒,有时好像还能听到西洋楼残躯返回的隐隐回声。每有外校的朋友来访,陪他们围着未名湖走一圈后,一般都要领他们来这里转转,半是吊古,半是闲逛。通常都在园的东部,常在水稻田的田埂上穿行,一不小心,就会踩进水里,弄得啼笑皆非。

每次走进西洋楼废墟,总要在那里坐一坐,看着那满地乱石,仿佛在阅读一部宏大的史书,眼前浮现出一幅幅惊心动魄的图像:忙碌的匠师们描图挥尺,精雕细刻;兴致勃勃的帝王们在前呼后拥中闲步;兴高采烈的侵略军手持火把满园奔跑；八国联军的入侵，圆明园残余再次遭劫；清王朝轰然垮塌，内战硝烟四起，圆明园不停地遭国人糟蹋……当我再睁开眼睛，周围的圆明园"荒地"变成了巨大的墓碑，而眼前的这些乱石则成了这碑上的铮铮墓志铭！

离开学校后，去圆明园的机会就很少了。但随着关于圆明园保留遗址还是重建或部分复建的争论日益升温，为了起草反对重建、复建的政协提案，自上世纪90年代中期以来，我前前后后约去了十来次，看得比较仔细的有4次，其中有两次去了尚未开放的西区。

第一次置身于西区特别震撼人心：它的僻静与苍凉与热

圆明园废墟

闹的东区形成鲜明对照。只见满园是葱茏的树林和杂乱的荒草。其间浅浅的沟渠和起伏的丘峦依稀可辨。不时还可以看到一些大块的石材、石雕以及渠岸的砌石，甚至居然还看到一座塌废的庭院，它的厚重的墙壁和坚固的基脚依然可以看出当年它的强健的体格……这桩桩件件有序或无序的古园林遗存，成为历史定格在这片土地上的"雕塑"，时时向我们传递着极重要的历史文化信息。

陪我来的两位年轻人中的一位说："叶先生你看，这么大片的荒地让它闲着，多可惜啊！请支持我们，让我们在这里建一座'东方大学'吧！"我回答说："你看到的是'荒地'，而我看到的是文物。你的'东方大学'是有价的，而文物，特别是像圆明园遗址这样的文物，她承载着一大段民族苦难的沉重记忆，是无价的！"

专家陪同的有两次。一次是2006年的"两会"前夕，圆明园管理处副主任宗天亮先生陪我看了含经堂的遗址以后，又陪我来到西区的九州清晏废墟。那里的"坦坦荡荡"御园正在清理，已经展现出原来的水池和桥涵的基本轮廓及其艺术格局，这使我非常惊喜和兴奋，想不到圆明园这大片"荒地"下，还掩埋着如此壮观和丰富的石构建筑的遗存！联想到在此之前人们为复建含经堂而开挖它的遗址时，也发现了类似情况。这给了我一个重要的启示，也可以说受到极大的鼓舞，使我更加坚定地认为：保护圆明园遗址的首要任务绝不是复建，哪怕"部分"复建，而是调查、研究和发掘，让她的遗存或废墟充分展现出来！

第二次在2010年的2月下旬，陪我前往的是已经离退多年的原圆明园管理处副主任杨振铎先生和当年与他共事的纪书记以及我的老校友、文物专家朱祖希先生。杨先生凭他在圆明园20余年的丰富经验，对园内的一切了如指掌。他兴致勃勃地陪我们去了好些以前我从未去过，或去过却未引起注意的地方，考察了三园内（开放部分）一些最精彩的遗存和景点以及部分山形水系。我获得的最新鲜印象是，圆明园废墟并不像我原来想象的那样除西洋楼外"荡然无存"，虽然她历经"木劫""石劫"（据杨先生目击：仅"文革"中被农民运去"修水利""办民防"的即达580车之多），依然留有为数不少的石材、石雕，有的石堆废墟仍然保持着建筑造型的基本轮廓，具有观赏性和震撼力。如"谐奇趣"背面的基墙，全是大块的石头从渠底往上砌，至少有十来米高，夹缝中长出许多粗细不一的杂树，倍添废墟的沧桑感。泽兰堂附近的昔日有喷泉的假山，其"身材"的模样亦依然可辨。离它不远是"狮子林"的废墟，当年是一座仿苏州花园的园

作者与美籍台湾学者、圆明园专家汪荣祖教授（右）在圆明园废墟

林，据说比它的仿建对象规模大得多。现在成了一个乱石堆。但其中却惊现两块完整的石雕，都是乾隆皇帝的御笔，一块是"狮子林"三个字，显然是当年悬在这座园林门楣上的匾额。可是这样宝贵的文物，却让它混杂在乱石堆里！那次见到的有艺术和文物价值的石雕最集中的无疑是西洋楼废墟。除此以外，是五孔桥侧的线法桥的石壁，那是十分精致的艺术作品。

该次考察获得的另一收获是加深了对圆明园遗址的整体艺术感的认识。以前为了反对重建和复建，较多注重对建筑遗址的关注。其实圆明园作为一个园林艺术品，她是由建筑、园艺、山形和水系四部分构成的,可以说,整个5200亩都没有艺术"虚笔",是一个完整的"平面浮雕"。现今建筑部分基本不存在了,但山形水系和园林格局的脉络基本看得出来,少数模糊处稍加梳理即可。当然如果地下有遗存,应在条件具备的前提下进行发掘。所有的这些,进一步加强了我对整体保护5200亩废墟的诉求——非但建筑遗址上不得重建、复建,其他地方也不应该出现大型建筑。较大的功能性用房要么引入地下,要么建在园墙之外(据说墙外还有3000多亩是属于圆明园的)。

作者接受央视采访反对重建圆明园

曾经听到过一种说法,说圆明园并没有什么原创性:她的园林是南方移来的;西洋楼是外国搬来的……但据我的初步的、粗略的考察,觉得还不能说她是中外园林和建筑模式的简单拼接或杂凑,她是在精密的整体艺术构思中运用某些异地的建筑元素和符号,而不是原件的照抄或复制,比如刚才提到的狮子林。总的说,她把南方的"小家碧玉",改造为北方的"大家闺秀",再饰以皇家的华彩。又如福海,它既不像武汉的东湖、杭州的西湖和无锡的太湖等这些天然湖泊那样浩浩荡荡,也不像苏州园林那种小巧玲珑,它是皇家园林中特有的、象征更大水面的"海"。皇帝是一国之君,他想在他的"庭院"里见到各地的园林精华,亦是情理之中。再说西洋楼,作为巴洛克风格的石构建筑,在"西洋"固然屡见不鲜,而且也算不得上乘之作,但作为一个由几个不同单元构成的建筑组合体,也别具一格,在欧洲很难找到它的摹本。而且它自知是个"外来户",知趣地"靠边"站着,地盘只占全园面积的2%,对全园只起点缀作用,而构不成对中式主体园林的"夺景"现象。在园林中适当地点缀一些异国风情,这在欧洲是普遍现象。例如在德国慕尼黑的英式公园里,就散落着中国木塔、希腊古亭和日本茶亭;在波茨坦的逍遥园里,也有中国茶亭、法国景亭等等。圆明园引进一组"西洋楼"显然是一个可取的创意。

圆明园山形水系的妙处,也是在该次考察中才初步领略,尤其据传是雍正皇帝"炼丹"的场所——"别有洞天",让我赞叹不已。它位于"群山"之中,三条小径蜿蜒曲折,使这个百十来平米的"洞天"更成了难觅的小天地。但它离宽阔的福海不过寸尺之遥,皇帝炼丹炼累了,去湖边走走,方便不过。要是读书人能有这么一块弹丸之地,该是无上的幸福了!圆明园群山起伏,沟渠纵横,湖池星罗棋布。山与水的关系,都是经过匠心营造的,是一种艺术的着墨,只要细细去品味,都能品出它的"味儿"来。

中国古代园林建筑理论强调园林与环境的关系,所谓"得景随形""巧于因借"。圆明园这座集皇家园林之大成的建筑,在环境的选择上显然是极为讲究的。考察当天恰逢晴空万里,上午站在绮春园天宝坞的桥上向西眺望,则青黛色的西山的秀美历历在目,让我久久舍不得离开。下午从福海南岸向北远望,则宽阔视野中的燕山山脉与圆明园群山构成三个层次,由低向高、向远层层递进,色调由深而淡,可谓妙不可言,令我流连忘返!如果说圆明园在别处也许可以"复制",则她与周围环境的这种独具的绝妙关系绝无复制之可能!

本色文丛

（柳鸣九主编　海天出版社出版）

《往事新编》许渊冲／著 　　　　《信步闲庭》叶廷芳／著

《岁月几缕丝》刘再复／著 　　　《子在川上》柳鸣九／著

《榆斋弦音》张玲 / 著

《飞光暗度》高莽 / 著

《奇异的音乐》屠岸 / 著

《长河流月去无声》蓝英年 / 著